ISBN: 978-9974-8698-5-1

EDICIONES

Montevideo, Uruguay

© MMEDICIONES
mmediciones@hotmail.com

1º Edición, abril 2020

EXPERIMENTO 23

¿Es posible que el hombre pueda desandar el camino de la evolución?

Mónica Marchesky

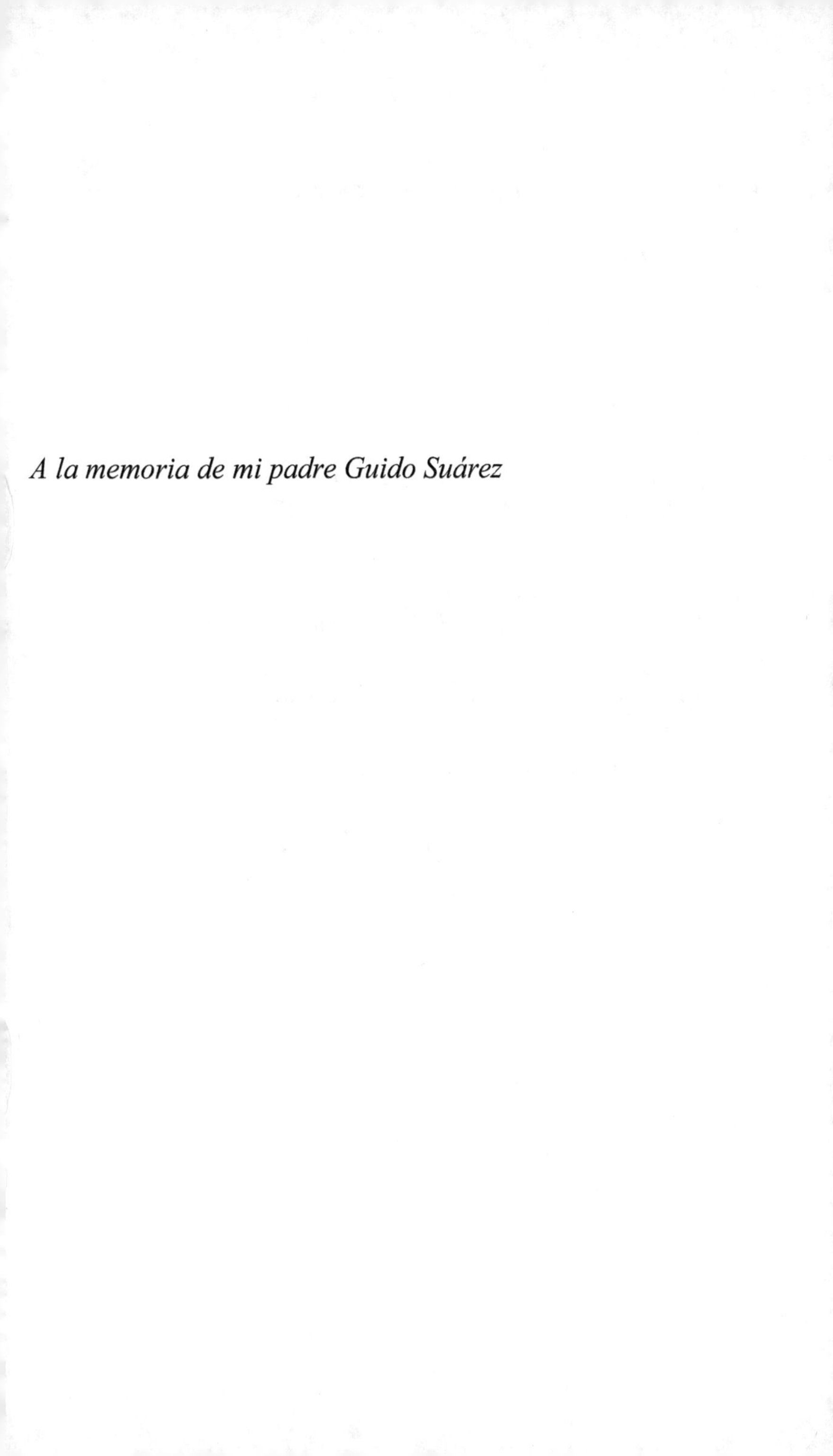

A la memoria de mi padre Guido Suárez

1

Deslizó uno a uno los dedos por la suave superficie de la prenda que cubría su cuerpo. No era la ropa de dormir que ella habitualmente usaba. Comenzó a respirar a bocanadas.

A juzgar por los elementos a su alrededor y el silencio interrumpido por el sonido de equipos médicos, dedujo que se encontraba en un centro asistencial. Dejó que los dedos siguieran un itinerario hasta los labios, hinchados y sangrantes que los empaparon; le dolían. Sentía la sangre fluir por las venas como un torrente de adrenalina. Un suero goteaba insistentemente hacia una vía en su muñeca. El aliento aún mantenía la aspereza del alcohol.

Un olor desconocido, impregnaba todo su cuerpo; no podía coordinar los pensamientos. Trató de incorporarse, pero las fuerzas no le respondieron, finalmente en otro impulso logró sentarse en el borde de la cama.

Lo que vio reflejado en el vidrio de la puerta fue una imagen andrajosa, que no podía ser la suya, la conciencia la abandonó y cayó de espaldas sumergiéndose en un profundo sueño.

La enfermera entró a la habitación haciendo ruido con el único propósito de despertarla. Era casi medio día y los rayos del sol caían implacables sobre los barrotes metálicos de la cama. Esta vez logró incorporarse con menor esfuerzo y se entregó concienzudamente a las manos de la higienista que con un agua jabonosa empapaba las partes expuestas de la piel. La mujer le hablaba mirándola a los ojos, interrogándola, le comunicó que tenía una entrevista con la Policía y que sus padres estaban afuera, los cuales habían pasado la noche cuidándola. Le dijo que se notaba que estaban preocupados. También le dio a entender que ella era la encargada del turno de la mañana durante su estadía en el centro asistencial y se alegraba de que despertara.

Hablaba casi sin respirar, todo en un mismo tono, a la vez que seguía acomodándole la almohada, estirándole las sábanas y arrastrando el carrito de la higiene. Deseó que se retirara, no soportaba esa voz aduladora. Su trastorno del oído medio estaba al máximo, no toleraba los ruidos. Era uno de esos días irritantes donde los sonidos parecía que se le metían en la carne hasta los huesos.

Los rostros de sus padres comenzaron a dibujarse como en una nebulosa y se alegró de verlos, parpadeó instintivamente, no podían haber venido tan rápido desde Italia que era el último de los destinos que tenían fijados en el recorrido, a menos que hiciera muchos días que ella estuviera en ese estado... Al abrir nuevamente los ojos esos rostros tan conocidos pasaron a un segundo plano, ahora eran dos hombres con atuendo de Policía quienes la observaban con interés. Uno de ellos se acercó, tomó una silla y se sentó frente a ella mirándola en forma insistente, el otro se mantuvo en silencio al costado de la puerta. Deseó que no tuviera una voz servil como la enfermera y no se equivocó. El policía Duein carraspeó aprontando un discurso y su voz le sonó vagamente incrédula, sus gestos eran indecisos, inseguros. Se rascaba constantemente el lóbulo de la oreja derecha como si allí estuviese la verdad de lo que trataba de revelar, cruzaba a intervalos mecánicos un pie sobre la pierna y se tocaba la barbilla y el cabello en demasía. Frances seguía sintiendo el mismo olor animal que el agua jabonosa había querido borrar sin éxito.

Luego de la exhaustiva declaración, donde el hombre trató de atar cabos sueltos, llegó a la conclusión de que había sido una fatal coincidencia que ella se encontrara en ese lugar. Se levantó en silencio, caminó hacia la ventana, descorrió suavemente la cortina y miró los árboles semidesnudos. Regresó sobre sus pasos, la miró nuevamente desde su altura y le dijo:

—Fue una coincidencia, eso explica por qué usted estaba inconsciente en el lugar de los hechos...Dobló la libreta inundada de apuntes y dibujos y la apretó muy fuerte en su mano.

—¿Tendré que realizar otra declaración? —preguntó Frances que quería que se fuera y no volver a ver la inquietud de ese ser que la ponía nerviosa.

—No por ahora.

—¿Qué quiere decir eso?

Eso quiere decir que no volverá a realizar ninguna declaración mientras redacte el informe y sea presentado el caso ante el juez, sin duda tendrá que contar su historia delante de él.

Al salir del sanatorio los dos se detuvieron un instante antes de meterse en el coche. Su compañero revisó el celular a la vez que encendía un cigarrillo. Y Duein terminó de anotar algo en una libreta electrónica, mientras guardaba en un bolsillo su libreta de papel, le tenía más confianza a las anotaciones en papel.

—¡Qué historia para los archivos! —Dijo Duein— estirándose dentro del coche policial mientras su compañero encendía el motor y tomaban la calle a toda prisa.

—¿Crees que eso fue todo lo que pasó? —le preguntó su compañero.

—De la mayoría de los hechos no se acuerda —replicó Duein colocándose los lentes de sol.

—Típico de los adolescentes.

—Si, típico —dijo, tirando la libreta electrónica dentro de la gaveta y cerrándola con fuerza.

—¿Alcohol o drogas? —preguntó.

—Pienso que alcohol, o una mezcla de los dos, veremos que sale en el examen toxicológico que indiqué.

—¿Sigues sosteniendo la primera hipótesis de crimen pasional?

—Hasta el momento sí, aunque la historia del dueño de la casa no me cierra...es una tontería, a quién se le ocurre...

—A una muchacha que quizás no esté en sus cabales, acabas de verle los ojos, perdidos en una nebulosa, es una lástima, tan joven y bonita...

— Pediré una consulta con el psicólogo también.

—Olvídalo, es caso cerrado.

—Aún no lo es y sabes cómo me pongo cuando algo me huele mal.

—Duein, está caratulado como uno más de los crímenes pasionales que ocurren en nuestros días, no sé por qué sigues insistiendo.

—Está bien...vayamos a comer algo

—Estaba por decirte lo mismo...

2

Le extrajeron la vía del suero y trataron de que tomara un té con leche aguado que rechazó al instante. La cena constaba de un muslo de pollo, un puré con un raro color amarillo y una manzana al horno. Contrariamente a lo que pensaba de la comida ofrecida en los Hospitales, ésta le pareció un cuadro de Van Gohg con un colorido casi surrealista que atrajo hacia sí con avidez hasta devorar todos los matices del plato.

Durmió de una forma distinta esa noche, más tranquila y segura al enterarse de que seguía con vida, que sus padres se encontraban junto a ella... y poco a poco la realidad fue ganando terreno.

Le dieron de alta al otro día y sus padres la llevaron a casa. Seguía cansada, el cuerpo no le respondía plenamente, aún mantenía un poco de vértigo y dolor de cabeza, las heridas aún frescas le dolían bajo las vendas.

Se sacó la ropa del sanatorio y la colocó en la misma bolsa donde habían depositado sus prendas. Entre jirones ensangrentados logró reconocer la blusa a lunares y el pantalón de pana verde. A pesar de que los médicos le habían asegurado una pronta mejoría, pensó que tal vez podía tener una o dos costillas al borde del colapso.

Luego de ducharse, dedicó un tiempo a inspeccionar detenidamente su cuerpo y revisar cada rasguño de la piel. El ojo derecho totalmente morado y caliente, pedía a gritos algo fresco, los rasguños en ambos brazos y piernas eran muy destacados, completando el cuadro, una sutura en la cabeza.

Todos esos golpes y magulladuras demorarían mucho en curarse, sobre todo la del ojo. Después de revisar las lesiones y más tranquila, trató de colocarse una bata sobre el cuerpo, pero éste no la soportó, buscó una bikini, la más chiquita que tenía y que hacía algún tiempo ya no usaba y fue lo único que la hizo sentir cómoda. Un abundante refrigerio la esperaba en la mesita del patio al lado de la piscina. El sol caía oblicuo sobre la superficie del agua otorgándole reflejos inconclusos.

Se detuvo ante la superficie cristalina, vio su imagen en el agua, una piel muy blanca y unos ojos negros destacaban enmarcados en una cabellera negro azabache.

Se metió en el agua, sumergiéndose hasta el fondo, dejando que las frías agujas se le incrustaran en la piel, flotó con los ojos cerrados, sin pensamiento. Quería dejar la mente en blanco, pero se presentaba en su interior, la frustrante sensación de estar ante algo desconocido... Abrió los ojos bajo el agua, el cielo estaba claro, sin color, sin ningún indicio de nubes, ni una brisa movía las hojas de los árboles.

Se negaba a pensar, a recordar, pero esa paz le trajo a la memoria los primeros acontecimientos, aquellos que la condujeron a despertar en este estado...

3

Se encontraba un día de abril de 2020, en "Monte Real– Bienes Raíces", la oficina en el centro de la ciudad. Una inmobiliaria familiar que había sido fundada por su abuelo. Sus padres habían trabajado en ella y cuando decidieron retirarse a descansar y viajar, le habían dejado las instalaciones junto con los archivos, sin derecho a oponerse. Debía seguir con la tradición familiar, ese era el motivo por el que ellos quedaron tan preocupados cuando les comunicó que no quería tener hijos. Estaban planeando un viaje por Europa, les gustaba viajar y obtener testimonios que luego irían a formar parte del archivo fotográfico de la familia.

Frances era hija única, soltera, no quería tener hijos porque pensaba que era joven y realmente a veces se descubría inmadura con respecto a sus decisiones. Un hijo sufriría las consecuencias de esas continuas distracciones. Tenía veinticinco años, la profesión de Administrativa la había llevado a estudiar una cantidad de oficios incluidos cursos técnicos para desarrollar la creatividad a la hora de diagramar publicidad. Profesionalmente estaba bien "preparada" para enfrentarse al mercado financiero, pero era una mujer curiosa y muy confiada; eso hacía que los negocios fueran a veces desaprovechados.

Declaraba tener un ácido humor que por momentos se tornaba morboso y la hacía crear situaciones realmente interesantes. Lo cierto era que se divertía mucho transformando la realidad a su antojo y pensaba que todo podía pasar, hasta el punto de esperar una invasión de hombrecitos verdes o viajar al centro de la tierra al lado de Julio Verne.

La inmobiliaria familiar tenía más fama que facturación y cuando resurgía en ella la vena del negocio, se desplazaba con rapidez en la camioneta detrás de supuestos clientes, ávidos por comprar propiedades en la ciudad de Salto, pequeña, limpia y sobre todo tranquila donde nunca pasaba nada.

Por el momento no tenía necesidad de una secretaria.

Ese día en particular, su madre se esmeraba porque ella le prestara atención, ya que un taxi la aguardaba con un impaciente padre que no dejaba de gritarle que se apurara.

—¡Debes acordarte de poner la alarma de la casa cuando salgas!

—Sí, madre.

—¡No te olvides de cerrar la puerta de la cochera!

—No me olvidaré

—¿Te despediste de tu padre?

—Sí

—¡Cuídate!

—Lo mismo les digo a los dos, cuídense y nos estamos escribiendo, hasta pronto —se despidieron con un apretado abrazo y su madre salió como una exhalación en dirección al taxi cuyo conductor tocaba insistente la bocina.

Al traspasar la puerta chocó de frente con un hombre que le resultó familiar, pero no podía concentrarse en ese momento debido a la insistencia de su esposo desde el coche... ese rostro lo había visto en algún lado... se disculparon y el hombre entró a la inmobiliaria. Mientras ella caminaba hacia el coche las imágenes de su adolescencia la atraparon... —no, no— se dijo en voz alta —no puede ser, no puede ser — repitió a la vez que ingresaba al coche y se olvidaba del incidente.

El hombre que se presentó ante Frances, mantenía la estampa de caballero adinerado, su ropa, gastada, pero de buena calidad, había visto mejores tiempos; alto, rubio, de cabello ensortijado, lentes oscuros que ocultaban sus ojos. Cojeaba de la pierna derecha, defecto que sabía disimular muy bien y fumaba todo el tiempo, nunca lo había visto antes, eso llamó su atención puesto que en una ciudad con pocos habitantes se conocían todos.

—Buenos días —dijo inclinando la cabeza y extendiendo su mano hacia la suya.

—Buenos días —contestó— observándolo —tome asiento. ¿En qué lo puedo ayudar?

—Usted no me conoce...mi nombre es David, en realidad soy el propietario de la casa Rothauss. Al notar la ceja levantada de Frances en señal de no saber de lo que le estaba hablando agregó —la casa de la colina, aquella que tiene el mirador que entra en el río Uruguay, en la costanera sur, la que está en "Arenitas Blancas".

—¿"La mansión del columpio"? —preguntó— como era conocida en la ciudad.
—Vaya, no sabía que la conocían con ese nombre, sí, tiene razón, había un columpio —agregó el hombre.

—Creo que aún está el famoso columpio, —dijo Frances, asintiendo con la cabeza, acercándole instintivamente un cenicero a su interlocutor.

Lo único que sabía era que esa casa siempre había estado abandonada, no había conocido a sus dueños, pero se mantenía una leyenda en el pueblo de los primeros propietarios de la mansión. En el parque interior se sentía siempre el columpiarse de una hamaca, por lo que los pobladores la conocían con ese nombre. La gente no transitaba por los alrededores, sino que la rodeaban por un camino escabroso y de ripio.

El hombre se sentó ante ella y abrió una carpeta con papeles los cuales reconoció de propiedad, padrones, pago de contribuciones al Estado. Estaba todo al día ante sus ojos que no dejaban de recorrer aquellas líneas y sellos. Cuando levantó la vista hacia él, oyó que le decía en tono autoritario.

—¡Quiero que la ponga en venta lo antes posible!

Luego de examinar los papeles exhaustivamente, cerró la carpeta como cuidando una preciada joya y cruzó las manos sobre ella. Quiso decirle muchas cosas, como que eso sería imposible; que en la ciudad nadie la compraría porque según decían estaba habitada por fantasmas, quiso contarle que ella misma había crecido con esas historias; quiso preguntarle por qué aparecía después de tanto tiempo, por qué. ¡Cojeaba!... en su febril imaginación ya estaba tejiendo historias en torno a ese detalle...

—Quiero ir a verla —se sorprendió diciendo Frances.

—Está bien —contestó el hombre echándose hacia atrás en la silla— cuando usted quiera.

—Ahora mismo, cierro y estoy con usted —lo miró e inmediatamente desvió sus ojos hacia afuera. Las letras verdes de "Monte Real" pintadas en los vidrios no detenían la vida que fluía en la calle. Las personas se encontraban, saludaban, los coches tocaban sus bocinas, los muchachos se divertían, era un día de verano y ella se encontraba frente a un hombre casi ciego que le proponía la venta de una propiedad legendaria en la ciudad. Tenía que salir de allí, ese encierro la estaba perturbando. En la calle un bullicio tentador y dentro del negocio, un frío artificial y un silencio insoportable la estaban poniendo nerviosa.

El hombre la miró, o miró al suelo, o al techo, o no sabía dónde porque sus ojos estaban ocultos detrás de unos oscuros anteojos. Volteó la cabeza hacia un costado, luego al otro como sacando conclusiones y agregó —bien, bien, estamos en buena hora— dijo observando su reloj. Tomó la carpeta del escritorio y se la colocó bajo el brazo, ella demoró ex profeso fingiendo que guardaba unos archivos, quería captar en el comportamiento del hombre si su apresurada respuesta había surtido algún efecto negativo en él. No deseaba que la viera como un lobo hambriento, pero realmente se había despertado en ella aquella morbosa curiosidad dormida desde la niñez con respecto a la mansión, además, quería salir a la calle, sentir el aire fresco en la cara. Sus padres acababan de irse de viaje, ella siempre planeaba llevar a cabo esas cosas que nunca había podido hacer y las relegaba para cuando ellos no estuvieran, pero ya había pasado por eso, todo quedaba en planes o proyectos que morían en la rutina absoluta al regresar a su casa.

Subieron a la camioneta en silencio, David Rothauss no tuvo que indicarle el camino puesto que ella lo conocía de memoria, ya que era el lugar donde se había reunido casi todos los domingos con sus amigos en la niñez para observar el río.

"Arenitas Blancas" era el lugar de descanso de los salteños, con bosques de pinos y mucha soledad. La soledad ella la había experimentado hacía poco tiempo, cuando en un arrebato de valentía les había pedido a sus tíos pasar una temporada en su casa. Fue una experiencia inolvidable, un sitio apartado del bullicio de la ciudad, sin celular, sin televisión. Se había propuesto ir tres meses, pero solo aguantó uno.

Al tomar la costanera que bordeaba el río, un camino rodeado de jacarandás los recibió. Recordó que nunca se había atrevido a entrar a la mansión, por más que entre los muchachos había alguno que ironizaba el asunto de los fantasmas, nunca violó su entrada. Su imaginación creaba historias de monstruos y leyendas increíbles, pero siempre mirando el parque y el sendero desde afuera, aferrada a los barrotes del enorme portón. Había algo misterioso que manaba de su interior y quiso que se quedara ahí dentro atrapado para poder seguir imaginando historias. Si entraba ya no sería lo mismo, si entraba y descubría que era una casa abandonada, su inventiva tendría que buscar otro objeto de estudio. Recordó cierta vez que se hizo circular una apuesta entre el grupo: había que entrar a la mansión un viernes Santo a las doce de la noche y encender una vela en medio del patio, el ganador se llevaba una cena gratis en el mejor restaurante del centro de la ciudad. Lo cierto fue que esa vez un solo valiente lo intentó y dijo que no regresaría al lugar y lo cumplió al pie de la letra, no se supo qué le había pasado, pero dijo que era un lugar endemoniadamente silencioso y se había asustado de algo que corría entre los arbustos. A partir de ese día habían mirado el río desde el borde del acantilado. Detenían las bicicletas, llevaban algunas bebidas y comestibles y pasaban la tarde. A veces se escuchaba algo de música. Por lo general les gustaba mirar la mansedumbre del río, que parecía una pincelada verde entre dos orillas. Pasaban la tarde al sol, algunos escribían, otros dibujaban. Los más osados descubrían el sabor de un beso primaveral entre las sombras de los pinos...

Bordearon el camino hasta la entrada de asfalto y se detuvieron ante el gran portón de hierro, magnífico, con arabescos. Un triángulo encerraba una estrella de cinco puntas en la parte superior. Pensó en su abuelo, a él le atraía esta mansión, siempre quiso tenerla, tendría que ir a visitarlo y comentarle la proposición de venta que le hiciera su dueño. Pensó en los muchachos y quiso que estuvieran con ella para tirar por tierra todo tipo de suposiciones con respecto a fantasmas. No se imaginó que entraría por la puerta de hierro con el dueño de la casa sin ningún tipo de problemas... ¡correrías por los arbustos! Que imaginación tan desbocada tenían entonces, se creían todos los cuentos, se creaban amuletos y fantasías, suponían que podían jugar con las fuerzas que imperan en el universo y no les pasaría nada... curiosamente seguía pensando lo mismo, sólo que al violar sus propios pensamientos era un desafío a la razón, se rebelaba a sus fantasmas, a las fantasías. La maleza abrazaba el camino, con sorpresa creyó sentir el columpio, pero se dijo que sería el viento.

Su acompañante hablaba poco, pero fumaba continuamente, queriendo disimular una notoria ansiedad. Podía sentir la mirada sobre su cabello, sobre sus manos y rodillas. Se reprochó el hecho de haber querido visitar la mansión sola con él, ya que era para ella un desconocido y el temor fue ganando terreno. Él se había bajado de la camioneta y al llegar frente al portón se detuvo por un momento a observarlo, al ver que no tenía llave ni cadenas lo empujó con fuerza. Frances esperaba que hiciera un ruido tenebroso al abrirse, pero el pasto del otro lado aplacó el grito del metal y se escuchó un murmullo ronco, casi sin vida. Con toda esa carga de sentimientos traspasó orgullosa y excitada el gran portón de hierro negro, el mismo que sus dedos conocían hasta las más sutiles asperezas del metal. Un silencio se apoderó de todo el lugar por un instante, para retomar luego una algarabía entre las hojas de los álamos sacudidas por ráfagas de viento. La distancia entre el portón y la casa era considerable, el camino que conducía al patio anterior hacía una curva pronunciada y estaba tapizado de hojas verdes, amarillas y caobas. Los árboles eran dueños de las alturas y obstruían la visión de la fachada desde el exterior. Trató de dirigir su pensamiento hacia reflexiones más agradables, en ese momento no podía pensar en historias de fantasmas, debía estar atenta. Quiso recordar aquel primer beso y la extraña sensación en su estómago, quiso recordar el olor de la pinocha, los colores combinados de la naturaleza, las miradas, el descubrir un desconocido deseo, la sutil pertenencia adolescente, los tratados de amor... para siempre... la paz...

Respiró profundamente cerrando los ojos, tratando de tranquilizarse y al abrirlos nuevamente visualizó a lo lejos el columpio.

Mientras esperaba a su cliente que trataba en vano de cerrar el portón, no pudo dominar el pensamiento que volvió sobre las múltiples historias que se tejían en torno a la mansión, algunos hablaban de científicos locos, otros decían que el patio era reunión de brujas, hasta llegaron a decir que era una familia de vampiros que habían huido de un pueblo de la región de Transilvania...leyendas.

De pronto la sobresaltó un golpe seco, eran los nudillos amarillentos del propietario al golpear el vidrio de la ventanilla del coche. Golpeó para llamar su atención y acto seguido continuó con su trabajosa marcha sin detenerse ni mirar hacia atrás. Le gritó que subiera a la camioneta y en un gesto con la mano él la instó a seguir por el sendero, mientras sus pies levantaban las hojas en un siseo que irrumpía violentamente por sobre los sonidos habituales del parque. Al tomar la curva se enfrentó a la fachada, marmórea, magnífica, con columnas que sostenían un capitel corrido con arabescos tallados. Emplazada en medio de un amplio parque que la protegía y una exuberante vegetación que la ocultaba parecía una mansión de cuentos de hadas. Lo esperó apostada en el patio semi—circular que acompañaba la curva del sendero. No lo veía, pero sentía su pierna arrastrarse entre las hojas. Recorriendo con la vista el gran parque y la enorme construcción, se preguntó si ella sería capaz de vivir en un lugar tan silencioso y se dijo que le resultaría muy difícil, ella era solitaria, pero no silenciosa. Trató de no sacar conclusiones, ese comportamiento testarudo de querer recorrer el camino andando le llamó la atención y en su fantasía lo veía como una torpe criatura que trataba de abrirse camino entre la vegetación y pudo ver como se desprendían fantasmas de su cuerpo. Pasó a su lado sin hablarle, era como si estuviera reprochándose algo en silencio, era como si hablara consigo mismo, pensó por segunda vez que tal vez había sido un error haber ido sola a la mansión. Luego de sortear un ancho escalón que envolvía el anillo del patio y subir cinco escalones de mármol blanco, se acercó al hombre quién estaba ya delante de la puerta intentando torpemente extraer un manojo de llaves del bolsillo del pantalón, las manos le temblaban tanto que se le cayeron al suelo.

Frances atinó a levantarlas y al entregárselas el hombre le hizo un gesto para que fuera ella quien abriera la puerta, era consciente que no podía hacerlo por las suyas. Le enseñó la llave más grande, sus manos se rozaron y una sensación de frío se apoderó de su piel, pudo notar que le transpiraban con un sudor casi enfermizo y con dificultad extrajo un pañuelo del bolsillo interior de la chaqueta. Por un momento pensó que todo él se desintegraría ante sus ojos. Se sacó los anteojos oscuros para limpiarlos y pudo ver unos increíbles ojos negros que en un gesto apresurado le señalaron abrir la puerta. Era la primera vez que veía sus ojos, desvió la mirada, esos ojos de un negro profundo parecían no tener vida. Pasó la llave y empujó la pesada puerta de madera, un desagradable olor a humedad los recibió. Los rayos del sol se reflejaban en el interior del amplio ambiente como un cuadro surrealista, rayos de todos los tamaños y colores filtrándose por los vidrios esmerilados de los grandes ventanales, rompiendo la pasividad del fondo tenebroso de la sala. El hombre se apuró a entrar primero, Frances aún podía sentir el ronco jadeo de su acompañante, producto de la caminata. Lo siguió casi pegada a su cuerpo como una sombra. Su excitación llegaba al límite tolerable, podía sentir el latido del corazón en las sienes. Gruesos cortinados de diseños extraños caían hasta el suelo, muebles de un estilo exquisito se encontraban ocultos bajo sábanas acompañando una excesiva decoración. Luego de detenerse por un momento en la inspección visual del ambiente y tomar un poco de aliento, comenzaron a subir por la escalera. Sus pasos eran escoltados por cuadros de personas que se le antojaron de la realeza o burgueses muy adinerados. La primera coincidencia con la leyenda comenzó a tomar forma, sin duda eran extranjeros, esos rostros tristes pero desafiantes a la vez, la llevaron a pensar en aquellas épocas donde los señores eran retratados con sus mejores galas y su mejor perfil, época en donde los defectos físicos se ocultaban detrás de largos vestidos, o simplemente no se pintaban. Estos rostros tenían todos retratados el alma en el lienzo, los fue descubriendo uno a uno, hombres adustos, autoritarios, poderosos, mujeres insatisfechas, enigmáticas, hasta que se detuvo ante la imagen de una mujer que no le decía nada y le decía todo a la vez. Su gesto altivo con un mentón prominente la transformaba en santa y perversa, le gustó, era la primera de la fila de cuadros que le había transmitido inquietud. Supuso que sería la madre de este hombre que se había detenido un instante ante ella, respondiendo el gesto arrogante de la mujer. El mismo gesto lo había repetido ante el retrato de dos pequeños que tenían sus mismos rasgos, los cabellos ensortijados de la niña le llegaban a la cintura, con un tocado de flores, y un gracioso sombrero se había depositado como al descuido sobre el cabello del niño... sus mismos ojos. Caminaron en silencio, como esperando que en algún momento los cuadros tomaran vida, sus pisadas apenas se oían y les sobresaltaba cualquier ruido extraño que no fuera el habitual de sus respiraciones.

El viento conspiraba con el ambiente, golpeando las ramas sobre los vidrios de las ventanas. Ella sabía que no había nadie, pero se sentía una intrusa. Le pasaba cada vez que tenía que visitar casas con una historia desplegada ante sus ojos. No era lo mismo cuando debía visitar propiedades para la venta en donde sus moradores habían borrado todo rastro de vida anterior, las casas limpias, sin recuerdos eran un misterio, la instaban a utilizar su imaginación. En casos como éste donde las personas abandonaban todo y simplemente desaparecían dejando pedazos de vida, momentos estancos entre dimensiones era distinto, en estos casos sentía que estaba invadiendo una estática intimidad y por ese motivo acompañaba su inspección con cuidado y respeto. Notó que ese hombre misterioso que guardaba un inquietante silencio, estaba seguro donde ponía sus pies, conocía el lugar, inspeccionaba todo como sacando nota de los detalles y de los objetos, acariciaba los cortinados. Tocaba todo redescubriendo, pudo ver su angustia donde por momentos relampagueaba una amarga sonrisa. Los vidrios de la puerta de la gran sala estaban rotos y se notaban restos del pasaje de manos diestras en el pillaje.

Siguieron a hurtadillas por la amplia escalera de mármol recubierta con una alfombra con arabescos dorados. La platería y la cristalería habían desaparecido, confirmando que no todos los pobladores sentían temor a la casa del columpio que estaba en la colina. Ingresaron al piso superior y las habitaciones estaban intactas, todas sus puertas abiertas, las camas recogidas, una sutil belleza se respiraba a través de los objetos. Cortinados, espejos, alfombras, todo era importado, el empapelado de la habitación mayor tenía unos símbolos amarillos sobre un fondo azul que ella no había visto nunca en casas de la región.

La habitación con toques femeninos tenía lo necesario, no sobraba nada. También manos inescrupulosas habían pasado por ella, ya que aún se veía la marca de varios objetos que ya no estaban.

Objetos que habían dejado su presencia invisible en esas huellas. Los muebles más grandes habían resistido al hurto. Lo mismo ocurrió con la habitación que supuso de un niño, en ella aún quedaba un atril de metal y partituras diseminadas por el suelo en desorden, como si un viento hubiera pasado por el lugar. Quiso imaginar qué música era la que reflejaban esas notas, pero no pudo, un silencio atormentador se hizo presente y se dio cuenta que había tomado demasiado tiempo en la observación de los detalles. Desde la ventana de la habitación del niño pudo ver el río en casi toda su extensión, y la terraza mirador que se extendía hacia él. Divisó que se llegaba a ella a través del patio trasero que comunicaba con la sala. Desde arriba se podía ver la perfección de un rectángulo delimitado por los lados más largos por el cuerpo de la casa y el río, y por los lados más cortos, el de la derecha, por la vegetación y el de la izquierda por el parque que marcaba un límite perfecto. Esa manía de darle proporción a todas las cosas la había heredado de su abuelo el cual siempre había sido un estudioso de las matemáticas. Lo cierto era que ese rectángulo tendría que estudiarlo mejor en los planos de la casa, recordó el patio semi—circular de la entrada y cómo éste no guardaba una simetría con respecto al conjunto. Vio cómo su misterioso acompañante se apoyaba en la baranda de hierro, allá abajo, fumando, fundiéndose con la matriz del río, supo entonces que estaba sola con el silencio y sintió que los objetos le oprimían el pecho. Tanto silencio la hacía sentir temor, tantas cosas sin movimiento la hacían desconfiar hasta de su propia sombra. Apuró el paso, se había metido en el mundo de los recuerdos y éstos ahora la empujaban hacia abajo. Descendió por la escalera tratando de no volver a mirar esos rostros sombríos que parecían detenerla en cada paso, ya no le importó hacer ruido. Al terminar de bajar el último escalón se encontró en la gran sala surcada por rayos que como espadas le impedían el paso, al mirar a su derecha pudo ver que los rayos que se reflejaban en el suelo eran de colores, la puerta que comunicaba hacia el patio y la pared norte que limitaba la sala estaba tapizada de vitrales, al acercarse vio que detrás de un amplio sofá, se encontraba una escalera que descendía, la luz de los vidrios iluminaban el paso de los escalones, pero no se animó a descender. Recorrió la sala tocando los cortinados. A través de los grandes ventanales podía ver al hombre que aún se mantenía estático mirando el río. Cuando llegó al patio del mirador se detuvo y pudo sentir entre luces y sombras el último zarpazo del temor en sus cabellos. El espacio se abrió para sus ojos hacia el río, amplio luminoso, acababa de traspasar un umbral mágico y sus ojos necesitaron acostumbrarse a la luz. Al caminar hacia su encuentro, pensó con qué facilidad se podía transgredir los límites en un segundo, cómo la línea entre lo oscuro y lo luminoso, lo bueno y lo malo, la vida y la muerte podía llegar a ser tan fina. Dentro de la casa, recuerdos muertos se exponían al desnudo y afuera la vida bullía en silencio.

Se detuvo ante la baranda al lado del hombre y miró hacia abajo, algunos árboles se atrevían a tocar el piso del mirador, pero más abajo la roca se despeñaba en cortantes filos hacia el agua. Una escalerilla de metal se adentraba en la roca hacia un camino angosto que terminaba en un embarcadero. Ambos se deleitaron con la visión del río que fluía manso y silencioso. Una canoa suspendida sobre el espejo de agua retuvo sus miradas. Los árboles de la costa se volcaban hacia el río, misteriosos y sombríos, enredándose con la vegetación de la zona. Más a lo lejos, sobre la costanera que bordeaba el río, la "Santa Rita", azaleas y un timbó competían con una gama de colores violetas verdes y negros abrazando la carretera, junto con lapachos rosados y amarillos. Una verdadera fiesta de colores en silencio para ellos, porque a esa hora de la siesta todo murmullo se aquietaba. Por primera vez desde hacía mucho tiempo Frances volvió a sentir el silencio del río, aquél que sentía cuando eran chicos.

Los árboles estaban más altos, habían colonizado el sitio y la roca estaba más horadada que entonces y el trinar de los pájaros era diferente y el sabor de aquel primer beso estaba muy lejos en el tiempo.

—¿Y bien? —dijo el propietario sin dejar de mirar el río. Esa pregunta la sacudió sacándola de los recuerdos.

—Y bien —respondió aseverando la pregunta, demorando una respuesta.

—¿Cree que se pueda vender? —Ahora la miraba a través de sus anteojos oscuros. No le pareció oportuno hablarles a unos anteojos, así que desvió la mirada nuevamente hacia el río. Nunca les daba una negativa a los interesados sean compradores o vendedores. Siempre mantenía la esperanza, aunque veía que este emprendimiento sería difícil, la mansión era enorme, el lugar era perfecto, pero en la ciudad no existía nadie que tuviera el suficiente poder adquisitivo como para comprarla. Pensó en milésimas de segundo que posiblemente alguna empresa podría establecer sus oficinas en el lugar... o su abuelo, aunque él estaba con todos los achaques de sus ochenta años y últimamente se perdía entre los recuerdos, había veces que la confundía con su madre y la llamaba hija.

—Probablemente —contestó— La pondremos a la venta, tendremos que tomarle algunas fotografías y la tasaremos; las instalaciones se mantienen en buen estado, hay pocos arreglos que realizar, algunos ajustes en el techo y en... —detuvo su alocución en seco ya que en el momento de observar la casa desde abajo divisó la gran ventana del dormitorio del niño. Comenzó a caminar tratando de visualizarla mejor. Su acompañante siguió sus pasos a la vez que le comentaba.

—Usted ya estuvo allí.

—Sí, de las habitaciones del piso superior es la única que tiene un ventanal tan grande, es realmente acertada su ubicación porque se ve el río en toda su magnitud.

—Era mi habitación y el lugar donde ensayaba mi música —acotó con sequedad.

—¿Su música?

—Sí.

—¿Piano? —Preguntó restándole importancia a la confirmación de la sospecha de Frances de que él efectivamente hubiera vivido su infancia en la casa. La pregunta le pareció estúpida, porque no había visto ningún indicio de un piano.

—Violín —agregó nervioso y comenzó a caminar hacia la salida.

A pesar del disimulado daño en la pierna continuó con su paso sostenido, arrastrándola sin importarle que su zapato hiciera ruido sobre el piso del mirador, se apresuró a seguirle el ritmo. No entraron nuevamente a la casa, atravesaron el patio en diagonal, y salieron por un atajo entre la maleza que desembocó directamente en el gran patio semi—circular dónde estaba estacionada la camioneta. Pensó que había muchos recovecos aún por descubrir, y el recuerdo de aquella noche de travesuras en donde uno de los muchachos dijo que lo asustó una corrida entre la maleza le erizó los cabellos, pensó que sería interesante ver hacia dónde llevaban todos esos atajos, hacía dónde conducían esos escalones tan estéticamente iluminados. Pensaba en los cuentos que se inventaron alrededor del fuego, de las risas que duraron hasta ser adultos... y ahora ese mismo ruido lo hicieron ella y este hombre que le indicaba el camino, ese mismo correr entre la vegetación la estremeció, las hojas frías de los arbustos maltrataron su piel, aprisionaron sus cabellos como garfios y pensar que tal vez la historia de los fantasmas y científicos locos fuera cierta le dejó los pies y manos libres de obstáculos. Cuando cerró la puerta principal, él ya estaba esperándola en la camioneta sentado fumando como siempre lo había hecho desde que llegaron.

El parque al costado del camino que escoltaba el asimétrico sendero ya no le resultó tan acogedor, tal vez por los rayos de sol que trataban de abrirse camino dibujando sombras enormes y continuamente en movimiento. Muy cerca del portón de hierro miró a su izquierda y visualizó el columpio, entre los árboles del límite oeste de la casa, cerca de los pinos que demarcaban el territorio de la mansión.

El sentimiento al salir no fue el mismo con el que había entrado, algo había cambiado su humor, tal vez la había agobiado los rostros de todas esas personas que miraban con sus ojos sin vida, tal vez el abandono, los vidrios destrozados, no sabía que había sido, pero tenía un nudo en la garganta al salir, sustituyendo la desmedida excitación con la que había traspasado el portón al entrar.

Tal vez haya sido la posición ambigua del deseo saciado. Las sombras se alargaban como en procesión cuando se retiraron de la casa, que ahora al volver a mirarla, le había parecido de pesadillas.

4

El diálogo mientras tomaba el camino de regreso fue corto, preciso, sin preguntas, los silencios fueron los dueños de la situación. Al llegar al centro de la ciudad, el hombre le pidió que lo dejara en el supermercado.

—Compraré algunas provisiones y regresaré a la mansión en un taxi —dijo convencido y agregó —quiero adelantar un inventario para presentárselo en la mañana.

—Puede quedarse en uno de los hoteles del centro, son cómodos, no es necesario arriesgarse en la oscuridad de la mansión —le dijo sin mirarlo.

—Insisto que quiero quedarme para ver si puedo adelantar alguna idea que pueda sugerirle para la venta.

Ella pensó que después de todo, ésa había sido su casa y por lo visto no les temía a los fantasmas, conocería cada rincón y cada piedra escondida. En parte la tranquilizó, aunque no tanto, porque fueron muchos años los que la casa estuvo deshabitada, las alimañas habrían ganado terreno, los insectos serían dueños y señores de los rincones, el polvo y la suciedad eran, como acababa de confirmar asiduos moradores. El tono seco del hombre la instó a no seguir con la conversación, se lo notaba contrariado, el ceño le marcaba la frente.

De regreso a la oficina vinieron a su memoria todas aquellas tardes y recuerdos que pasaran alrededor de la casa, le constaba que ninguno de los muchachos sabía realmente la historia de los habitantes de la mansión del columpio. Los recuerdos comenzaron a fluir en forma descontrolada a partir del instante que traspasó el gran portón de hierro y no la abandonaron en ningún momento, al contrario, se volvieron cada vez más recurrentes y atormentadores. Hubiera querido gritar la primicia de que ella había recorrido las habitaciones y el mirador con una de las personas que habían vivido allí.

El pensar que alguna vez en el pasado se sintieron llantos y risas de niños, que hubo movimiento y vida entre esas paredes enmohecidas la alegró. Eso hacía que se sintiera diferente, más animada, aunque viendo la mansión desde adentro, descubrió otra perspectiva desconocida, inimaginable desde afuera, algo había cambiado su visión tal vez por eso la sintió distinta al retirarse de ella. De todas maneras, tomaría un tiempo prudencial para estudiar el caso de la propuesta y realizar un diagrama para presentar al mercado. En los últimos meses no había tenido ninguna venta importante, sólo alquileres y eso hacía que cualquier indicio de movimiento de dinero transformara su sagaz olfato para los negocios.

Era ya de noche cuando cerró el negocio, se agenció varias carpetas con proyectos que tenía en los archivos y se retiró a su casa. Al llegar, distribuyó sobre la mesa del comedor varios diagramas. La tarea no iba a ser fácil, buscó entre los papeles que le había dejado el interesado y encontró un rollo con un plano. Lo extendió y comenzó a estudiarlo. Su ojo estaba acostumbrado a los planos, ya que ese era su trabajo, el abuelo le había enseñado casi todo lo referente al negocio. Pero ella se involucraba aún más, además de saber y conocer los planos de las casas que entraban a la inmobiliaria para la venta o alquiler, además de conocer los materiales de construcción, el estado en que se encontraba la vivienda y el barrio en la que estaba emplazada, ella iba más allá, investigaba por curiosidad la historia de las personas que en otro tiempo habían habitado el inmueble.

Le gustaban los objetos, otra de las adicciones atribuidas a su abuelo y pensó cuánta influencia había tenido él en el desarrollo de su personalidad.

Lo primero que notó en el plano de la mansión fue el rectángulo que formaba el patio como antes lo había visto en el sitio desde el piso superior. Buscó la escalera iluminada por los vitrales y vio que debajo de la gran sala había un espacio que cubría toda la extensión de la misma y se comunicaba a través de ella, pensó que sería un sótano, un inmenso sótano que tendría que investigar. Notó que el sendero desde el portón de hierro hasta la puerta de entrada junto con el parque estaba enmarcado en un cuadrado y que el patio semi—circular estaba desproporcionado con respecto al conjunto, eso ya lo había notado cuando esperaba al hombre que recorriera el sendero con su malhumor a cuestas. Enrolló el plano y con decisión lo guardó en un recipiente de plástico, se lo mostraría a su abuelo, sin duda a él le gustaría ver esos planos tan geométricamente dispuestos.

Aún quedaban en la casa restos del desorden natural que dejaban los viajes de sus padres. Se sirvió un trago, salió al patio, una luna llena pendía del cielo, enigmática, tan solitaria como ella. Últimamente había sufrido un estado de depresión muy fuerte y esa luna alertó sus sentidos, no quería pasar otra vez por todo eso, no quería volver a los médicos, tratamientos y jeringas. Necesitaba algo o alguien que moviera sus instintos ya que la visita a la mansión había dejado por el suelo su tan castigado instinto de supervivencia.

Tomó el celular buscando a alguien que pudiera compartir una conversación o solamente pasar el rato, enterarse de los últimos acontecimientos sociales; pero no le apeteció hablar con nadie, si bien tenía una agenda aceptable en cuestión de amigos no encontró a nadie que pudiera sacarla del bajón por el que estaba pasando. Pensó comunicarse con alguno de los muchachos del grupo de estudios, con los cuales compartió los encuentros en la mansión, pero muchos no estaban en la ciudad, y a esa hora no sería conveniente despertar recuerdos. Desechó la idea de comentarle algo a alguien puesto que la vida los había vuelto adultos, y los caminos los habían desviado hacia otros rumbos, tal vez en la mañana viera los hechos con más claridad. Tenía la convicción de que no se debía tomar decisiones importantes en la noche. Accionó el contestador telefónico. Tenía un servicio contratado para que las llamadas que se realizaran a la inmobiliaria, fueran descargadas en su número fijo, eso la mantenía siempre al tanto de las propuestas que se realizaban en el negocio sin tener que estar presente en él y la mantenía cerca de sus padres, los cuales a veces se comunicaban desde cualquier punto del globo. Tenía algunas invitaciones para la presentación de un libro, para el desfile de modas organizado por la Sociedad de mujeres de la región que se iba a realizar en un hotel céntrico, una clienta que se había demorado en el pago del alquiler, su madre gritaba desde el aeropuerto que no se fuera a olvidar de retirar el vestido azul de la tintorería, y al final había una llamada que demoró en pronunciarse, casi en un tartamudeo sintió la voz ronca que ya se había adherido a su oído.

—Helen —hmmm... estuve pensando... mañana voy a verla a la oficina a primera hora.

¿Helen?... pensó que la llamada era tan misteriosa como su persona. Helen era su madre, no ella... pensó que era realmente una extraña coincidencia que un desconocido la llamara como su madre e instintivamente recordó a su abuelo, ya que él siempre las confundía. Se duchó y salió. Ya en la calle, decidió que cenaría en algún restaurante de la costanera o tal vez pizza, o parrilla, no sabía, quería estar sola y acompañada a la vez, no quería encontrarse con nadie, quería ser un fantasma que deambulara por la ciudad. Silenció el celular.

Siguió sin rumbo hasta tomar el camino adoquinado que atravesaba el corazón del parque. Cuando pasó por la estación de servicio, el reloj electrónico marcaba las 21:05. La luna llena caía a pleno ocultando sombras.

5

El restaurante de comida rápida de Juancho siempre había estado en el mismo sitio. Era un hombre mayor, gordo y calvo, su delantal blanco quería disimular una barriga, mérito de ser un cocinero experto. Sus padres y Juancho habían sido desde siempre muy buenos amigos.

Luego de saludarlo se sentó en una banqueta alta, los leños de la parrilla estaban rojos, ardiendo majestuosos en una visión nocturna. Quedó en silencio observando el fuego que se le antojó un aquelarre de brujas, hogueras encendidas para el sacrificio de mártires...

—Frani ¿qué sucede? Estás como en otro mundo —dijo sacándola del encantamiento de brujas quemadas en la hoguera.

—Sí —contestó arrimando aún más la banqueta al mostrador —estoy como en otro mundo porque me pasó algo inesperado hoy ...estuve toda la tarde con el dueño de la mansión del columpio...

—¿Quién? ¿El dueño? De la mansión…pero eso es imposible —dijo Juancho y ella pensó que él sabía algo al respecto.

—Sí, por lo que parece es el dueño... yo no diría imposible, sino... sobrenatural... no sabía que esa casa... no sé, no me hagas caso, pensé... que siempre había estado ahí y que era la cosa más natural del mundo que nadie se hiciera cargo de ella... ahora aparece el dueño y todo cambia.

—¿Qué noticias trae?... —siguió con su labor de limpiar el mostrador y los vasos indiferente, pero ella sabía que la curiosidad lo estaba carcomiendo. Lo notó nervioso y pensó que tal vez podía agregar algo nuevo a la historia de la familia que había habitado la mansión, lo único que ella sabía era la leyenda del columpio fantasma, y las historias que se contaron siempre en rueda de amigos, ni siquiera sabía que existieran dueños vivos, dato que confirmó en la tarde con el propietario. No sabía los pormenores, no sabía qué había pasado, por qué se habían ido dejándola abandonada.

—¿Conociste a la familia? —Le soltó la pregunta en la cara, su gesto se transformó en una máscara sombría, pero luego de un momento retomó su compostura habitual.

—Sí —comenzó acodándose frente a ella— es una historia interesante, la familia era muy rica, de origen extranjero, de una zona indefinida, en realidad nunca les pregunté exactamente de dónde eran, no hablaban de su origen, que eran extranjeros lo suponíamos por el correo que llegaban de distintos lugares de Europa. Acá se sabe todo —agregó con una sonrisa pícara— pero ese dato nunca se reveló, no era un dato importante. Eran una familia extranjera y punto, como tantas familias extranjeras. Sabemos que algunos vinieron huyendo de la guerra, otros buscando una nueva vida, otros simplemente querían tranquilidad o un cambio... Juancho siguió divagando hasta que se detuvo en seco y retomó el hilo del relato.

El "hombre grande" como lo llamaban a Sebastian Rothauss era dueño de los dos únicos bancos que existían en la ciudad en esa época, su esposa era una mujer... —buscó las palabras— yo diría que misteriosa, a veces estaba taciturna, otras era la llama de un volcán. Hablaban poco y eso llevó a que se encendieran muchos chismes, se inventaran una multitud de historias: que eran científicos locos, que experimentaban con animales; otros decían que eran brujos, que se transformaban en monstruos, lo cierto es que nunca se confirmó nada. Yo puedo decirte que sus miradas eran penetrantes y se clavaban en la nuca como alfileres. Les costaba mucho nuestro idioma, lucharon con él hasta que decidieron dejarlo de lado, se hacía entender por gestos y balbuceaban las palabras más imprescindibles. Eso era con los mayores, los niños ya tuvieron otra educación.

Mientras Juancho hablaba, se reflejaban en sus ojos nuevamente aquellas imágenes de cuando eran adolescentes y jugaban a los fantasmas, sin saber nada, ignorando la verdad, ignorando la realidad de los misterios que rodeaban a la mansión. ¡Que irresponsables! Pensó, a la vez que se felicitó por no haber violado nunca la entrada a la mansión.

—Los niños no tuvieron ese problema —retomó— porque nacieron acá y la lengua materna la tenían como una curiosidad. Tenían dos niños —continuó sumergido en los recuerdos— Rebeca y David... con David éramos casi amigos.

—¿Casi amigos? —Preguntó sorprendida.

—Sí —contestó volviendo a pasar nuevamente la servilleta sobre el mostrador limpio— casi amigos, nos separaba la condición social de la época y de todas las épocas que he conocido. Ellos eran adinerados banqueros con excentricidades no acordes al tiempo en que vivíamos —tomó aliento— y mis padres tenían la carnicería más grande y surtida de la zona, abastecíamos a la familia Rothauss. Muchas veces iba con mi padre a entregar los pedidos y me encontraba con David, teníamos casi la misma edad, yo era dos años mayor que él —recordó— él estaba siempre en su habitación estudiando violín con su profesor traído del extranjero y yo... era el hijo del carnicero

—Pero eran amigos —acotó haciéndole señas para que le sirviera un refresco. La historia era más interesante de lo que ella creía.

—Casi —contestó frunciendo el ceño— éramos amigos sólo cuando iba con mi padre como te conté. Cuando sentía que llegábamos a la casa y contrariando al tan exigente profesor, corría hacia el mirador donde yo lo estaba esperando y juntos descendíamos la escalerilla en busca de cangrejos y lagartijas entre las rocas y en la gruta que está debajo del mirador... en esos momentos éramos amigos, luego yo volvía a ser el hijo del carnicero y él el hijo del banquero. Siempre deseé que esa situación no fuera así, siempre quise que nuestras diferencias sociales no levantaran un muro entre nosotros, pero eso fue imposible, su madre guardaba a sus hijos celosamente y no los dejaba tener amigos.

—¿Hay una gruta debajo del patio? —Preguntó restándole importancia a la historia de las diferencias de clases. Era evidente que Juancho había quedado con esa angustia toda su vida, el hijo del carnicero no podía ser amigo del hijo del banquero, eso no estaba bien visto en aquella época de atildamiento social, de diferencias marcadas, pero ahora lo que le importaba era la historia de la gruta que nunca había descubierto en aquellas excursiones de muchachos, tampoco recordó haberla visto en los planos que hasta hacía un momento había desplegado de la mansión, decididamente eso no estaba en los planos.

—Sí —contestó suavizando su rostro— toda la parte de abajo del mirador es una gruta, al principio pensamos que era natural, pero luego con el tiempo nos enteramos que fue cavada en la roca y luego construyeron el patio, solo así se explican esos dos ambientes rocosos tan distintos entre sí, la entrada es un recinto de roca viva, pero hay otro nivel más arriba, salvando un escalón en el cual se encuentra una sala donde la madre realizaba sus pinturas, cosa de excéntricos —dijo sacudiendo la cabeza.

Eso le resultó muy interesante, ya que nunca había sentido hablar de la existencia de esa gruta. Recordó que cuando iban con las bicicletas de picnic se quedaban en la parte de arriba, al lado del acantilado, nunca pudieron bajar al muelle porque únicamente se puede acceder a él desde el río o desde el patio del mirador. Ese había sido un dato que había descubierto en la tarde cuando registró la casa en compañía de ese fantasma que volvía del pasado y vio la barandilla que se metía entre las rocas hasta el camino angosto que terminaba en el muelle. Le pidió que le sirviera algo de la parrilla para cenar.

—¿Hay algún camino que lleve directamente a la entrada? —le preguntó mientras Juancho se esmeraba por prepararle la mejor porción de carne asada jugosa como le gustaba.

—¿Es él verdad? —La interrogó ignorando su pregunta—. ¿Es David?

—Sí, es él sin duda alguna, pero ahora dime por dónde llego a la entrada de la gruta —le dijo como viejos amigos que intercambian datos.

La miró en silencio, luego desvió su mirada hacia el río que se extendía a las espaldas de Frances, ese río majestuoso y tranquilo iluminado por las luces de la costanera que se metían como puñales en el agua, miró los eucaliptos que se repetían al costado de la ruta, observó todo el ambiente como si fuera la primera vez que lo veía y contestó.

—La entrada está al costado de la escalerilla que baja del mirador, bordeando las piedras filosas. ¿No estarás pensando ir por esos lados, verdad Frani?

—Me conoces, eres como mi padre, cuando hay algo que puede desembocar en una travesura me dice "yo no te lo dije" "no se lo vayas a contar a tu madre".

—No es conveniente que entres sola, yo la conozco, he estado muchas veces allí. Cuando éramos jóvenes era nuestra escapada del mundo y en esos momentos éramos amigos de verdad y nos jurábamos que no nos iban a separar... si vas, me avisas no vayaaas solaaaa —dijo recalcando las palabras— y agregó —es muy peligroso, porque el agua sube en determinados momentos cuando abren la presa, y como no sabemos con certeza cuando es eso, hay que actuar rápido de lo contrario quedarías anegada en el interior sin poder salir por un buen rato, amén de que la entrada queda a nivel del agua y hay unas piedras muy grandes en el primer nivel que hacen las veces de islas dentro del recinto donde puedes quedarte, pero vuelvo a decirte que no vayas solaaaaaa.

—Nooooo —respondió— poniendo el mismo énfasis que él y preguntó como al descuido —¿Qué sabes de la hermana?

Otra vez quedó en silencio como buscando las palabras exactas.

—Bueno... la hermana se llamaba Rebeca, que podría decirte, era una niña taciturna, no tenía amigas, ninguno de los dos concurrió a colegios de la zona, tenían profesores que se encargaban de su educación. Cuentan que al principio ambos tuvieron un problema con el crecimiento, tenían más o menos cinco y seis años cuando se instalaron en la mansión y parecían de dos, pero luego comenzaron a desarrollarse sin problemas.

—¿Qué pasó?¿ los llevaron a alguna clínica?

—Que yo sepa nunca salieron de la mansión, los doctores los venían a visitar de todas partes de Europa y un buen día comenzaron a crecer hasta el día del accidente en el lago... dejó la frase colgando en el aire.

—¿Accidente?

—Como te dije —contestó— era una familia excéntrica y trajeron un yate, no sé de dónde, porque en esta zona no hay astilleros que fabriquen ese tipo de barcos... fue realmente un acontecimiento para la gente de la zona los cuales se agolparon en las orillas del río, para ver llegar al velero... —al ver que Juancho tenía intenciones de seguir con su examen de los barcos le hizo señas.

—El accidente Juan... —conminándolo a continuar.

—Sí, sí, el accidente... fue un domingo cuando las compañías de lanchas que cruzan el río no tenían actividad. La familia salió en el yate a recorrer las costas. Ese día David se había quedado a estudiar con el profesor porque tenía el último examen de violín, el cual se iba a realizar en el teatro con galas y pompas. Acuérdate que en ese tiempo los adolescentes casi todos tocaban piano o violín, era para mí una pérdida de tiempo, pero para la burguesía de la época era como una obligación social, máxime cuando todos sabían que los niños no iban a salir ninguno de ellos concertistas, que si estudiaran para serlo es otra cosa, pero por el solo hecho de decir que estudió tal o cual instrumento lo convertían en pequeños genios, en fin.

—El accidente Juan —volvió a traerlo al relato.

—El accidente... no se sabe en realidad como pasó, de pronto el yate zozobró en mitad el río, no había tormenta, ni viento, nada, simplemente se fue a pique con "El hombre grande", y su esposa que llamábamos en contraposición al señor Rothauss, "La mujer pequeña" y Rebeca, todos murieron ahogados.

—¿Y David? ¿Seguía tocando su violín sin enterarse?

—Dicen que él al ver la tragedia desde la ventana de su habitación, corrió hacia el acantilado, trató de bajar por la escalerilla resbaló y cayó hacia las rocas. Se salvó de milagro, pero se rompió una pierna, un brazo y quedó en estado de coma. Lo último que se supo de él fue que lo habían trasladado al exterior para su recuperación, realmente siempre pensé en todo este tiempo que había muerto y ahora aparece después de tantos años y dice ser el dueño no sé qué decirte, me gustaría verlo.

—Los datos concuerdan —dijo recordando su pierna derecha, el nombre y los papeles de la casa. —No hay duda que es él —agregó concluyendo el estudio momentáneo de la situación

—Me gustaría verlo —aseveró Juancho— si lo veo tendré la seguridad de que es él.

—¿Por qué?

—Por sus ojos... iguales a los de su madre, ojos negros profundos, indescifrables.

—Qué tragedia —dijo pensativa, recordando que esos ojos también la habían impresionado— hay que averiguar dónde estuvo todos estos años, por qué se aparece ahora ¿habrá más familiares?

—No que yo sepa.

—¿Recuerdas cuántos años tenían cuando pasó el accidente?

—Diecinueve David y yo veintiuno, lo recuerdo porque para su cumpleaños le habían comprado un coche rojo descapotable que era la envidia de todos nosotros.

—¿Todos nosotros?

—Sí... todos nosotros... heeee... tus padres, yo y él éramos todos más o menos de la misma edad, protegíamos a Helen, tu madre, porque era más pequeña... su exótica belleza puso de cabeza a muchos... incluso a David, te pareces tanto a ella... hasta que se casó con tu padre... ¿ellos no están en la ciudad? —preguntó.

—No, se fueron hacia su periplo por Europa, sabes cómo son, comienzan en un lugar, luego se entusiasman con otro y siguen, pueden pasar meses... pero son felices, se quieren, se complementan, como dice mi abuelo, fueron hechos el uno para el otro.

—Es una lástima, me hubiera gustado verles la cara al enterarse que está aún vivo... ¿te comenté que pensamos que había muerto?

—Sí, me lo comentaste y agregó —no creo que sea conveniente decirles nada en este momento.

Ahora se le aclaraban algunos detalles, tal vez este hombre se había acercado al negocio buscando a sus padres, tal vez por eso se confundió cuando la llamó Helen al teléfono... lo cierto es que por un lado se revelaba el pasado y por otro surgían dudas. Sabía que su madre en su juventud había roto algunos corazones, pero esto era algo nuevo, nunca le habían hecho referencia a él ni a la mansión. La conversación con Juancho había terminado, se acompañaron mutuamente mientras él cerraba el negocio, siempre hablando, recordando, volviendo atrás el tiempo. Le había contado todo lo que él sabía. Frances había descubierto una interesante historia, tendría que seguir investigando. ¿Por qué? por curiosidad.

6

Al otro día cuando fue a la oficina, pensó en encontrarse al hombre misterioso de la voz ronca de quien sabía ahora por Juancho un poco más de su vida. Pensó que estaría esperándola ya que su llamada de la noche anterior le informaba que quería verla a primera hora. Lo esperó todo el día, no vino a la oficina ni llamó por teléfono. No le preocupó mucho, ya que después de tantos años sin estar en la casa sería lógico que le dedicara un poco de tiempo para reencontrarse con ella y con los objetos más queridos. Sus datos decían que tenía cincuenta años o sea que estuvo fuera treinta y uno, toda una vida y los recuerdos ahí flotando sobre el río. Debió ser duro para él, lo disculpó y se dijo que lo vería al día siguiente. Al día siguiente tampoco se presentó.

En el pueblo comenzaron a presentarse situaciones que no tenían relación aparente. Eso era algo que había que mirar con interés, puesto que toda la región se encontraba en plena temporada turística y no podía salir a luz nada que hiciera temer la integridad física de los veraneantes. Llamó por teléfono a su abuelo, atendió la mucama y le dijo que el anciano estaba nervioso, hablaba solo y se había instalado en el sótano a revolver los objetos que a ella le infundían temor, le sugirió que tenía que ir a verlo.

La Seccional de Policía recibió en primer término la denuncia de la muerte de varias cabras del zoológico con el cuello destrozado. Esto era un evidente malestar, puesto que, si se hubieran cargado con las cabras, sería un robo, pero no se las llevaron, las dejaron muertas. Expuestas a la mirada curiosa de las personas que atinaban a pasar por el lugar. La Seccional tenía poco personal y esas tareas de "campo" las realizaba el Inspector Duein que en el momento de producirse las denuncias se encontraba en la Sección Turismo del Aeropuerto, por lo que los archivos quedaron a la espera que terminara la temporada, que ya faltaba poco. En ese momento, se les prestaría la debida atención. La pista más segura resultó que las cabras habrían sido una especie de rito o sacrificio. Nunca pensaron que les iba a resultar anecdótico lo de las cabras.

Aplazaba la visita a la casa de su abuelo, porque cuando él se encontraba en una de sus crisis, llegaba a ser violento y la visión de ese hombre que para ella no era su abuelo, sino una broma, le tocaba las fibras más íntimas. No podía verlo en ese estado decadente y pensó por un momento en su propia vejez, pensó en sus padres, en ella, en el paso del tiempo... decidió esperar hasta que el anciano se calmara, lo que tenía que contarle era muy importante para él, tendría que decirle que la mansión estaba en venta y que había conocido casi todo el interior, las habitaciones y el mirador, menos esa misteriosa escalera resguardada por vitrales que aún se mantenía como una puerta mágica hacia lo desconocido.

El interesado en la venta de la mansión seguía sin comunicarse con ella.

Los vecinos anunciaron la desaparición de tres perros, eran perros guardianes, de gran talla, no se los encontró por ningún lado. La policía seguía de cerca estos hechos, comenzaron a revisar muy sutilmente los vehículos de los turistas que cruzaban los Peajes, no sabían en realidad qué era lo que buscaban, estaban confundidos, las cabras los habían puesto nerviosos y ahora esto de los perros... Lo extraño era que no se los encontraba por ningún lado. La noticia de la desaparición de los perros no pudo escapar a la prensa, se imprimieron fotografías de los animales y se pagaba una cuantiosa recompensa por ellos, por lo que complicó el accionar de la policía, ya que había grupos de muchachos que se adentraban en los parques y en las zonas más alejadas para buscar a los animales y cobrar la recompensa. Este hecho movilizó a gran parte de la masa turística por varios días y fue motivo de distracción para todos.

Esperó en vano durante toda la semana a que el hombre se presentara con la supuesta propuesta la cual había quedado de llevarle al otro día de la visita a la mansión. Pensó que tal vez estaría limpiando, ordenando para pasar unos días más en la casa, o se habría ido de la ciudad sin decirle nada, no, eso sería ilógico. Habían estado trazando planes de venta, era algo que no tenía cabida ni en la mente más comprometida e imaginativa como la suya.

En la noche tenía una cena con unas amigas, la monótona pero esperada salida de los sábados. Fueron a un boliche a tomar algo, luego cenaron frugalmente, al llegar la hora de ir a bailar, argumentó una fuerte jaqueca y se retiró. Sabía que, si iba a bailar, no volvería a su casa antes de la madrugada y no estaba con humor para trasnochadas. Tampoco comentó nada, sus amigas estaban en otra, querían encontrarse con muchos amigos y pasar la noche divirtiéndose.

Seguía pensando en lo que le había pasado en estos días, en los años anteriores, en ese misterioso hombre de ojos profundos, en cómo encarar la famosa venta, en el estado crítico de su abuelo, en sus padres, en la historia que le contara Juancho.

Realmente su pensamiento estaba en otro lado. Al dejar a los amigos bajo el pretexto del dolor de cabeza, se propuso dar una vuelta en la camioneta por la zona para despejarse. Era una noche muy especial, una extraña claridad hacía que las sombras parecieran entes pegados sobre los adoquines. Los muchachos en sus coches y motonetas recorrían alegres las calles, sin ver las sombras, sin ver las estrellas, sin pensar en nada más que en divertirse, tomar un trago con los amigos, ir a bailar, y despertar el domingo con la convicción de que el próximo sábado harían exactamente lo mismo.

En una esquina creyó ver la figura desgarbada de su desaparecido cliente tocando el violín, pensó que tal vez las sombras le estaban jugando una mala pasada, respondiendo a su pregunta de ¿dónde se había metido todos estos días? Retrocedió ocultándose entre los árboles ya que la luna quería delatar su presencia, estacionó la camioneta en silencio y tomó los prismáticos.

Ciertamente era él, tocando el violín en la esquina de la terminal de ómnibus. La gente depositaba monedas sobre un saco mientras entablaban una supuesta amena charla.

A las muchachas les llamaba la atención, porque nunca lo habían visto por la zona, era un extranjero y eso hacía que sus sueños de volar hacia otras tierras las sedujera. Ese espectáculo terminó por convencerla de que estaba rayado y la visión del millonario excéntrico tomó cuerpo en su mente, aunque tal vez fuera un solitario como ella y con ese espectáculo callejero mataba el aburrimiento. Su porte era inconfundible, no se sacaba los anteojos oscuros aún en la noche y el inseparable cigarrillo que encendía cada vez que tomaba un intervalo no dejaban lugar a dudas. Bajó los prismáticos, la visión de ese hombre le hacía recordar la sombría casa y toda la historia que le contara Juancho. ¿Pero? ¿Qué estaba haciendo a esa hora tocando el violín? ¿Qué fue de la venta de la casa? Tendría que ir a verlo para ponerse al tanto de los detalles, por lo visto algo se le estaba escapando. Cuando miró nuevamente, ya no estaba. Recorrió en silencio la costanera sur, quería saber si la casa aún estaba allí como tantas veces. Era curioso como su oscura silueta cobraba ahora otra dimensión. A veces veía los objetos sin notar su presencia, los aceptaba porque estaban ahí, pero cuando reclamaban su atención, se manifestaban realmente. Eso fue lo que le pasó con la mansión, siempre había estado allí, simplemente era una casa abandonada, pero ahora era la casa abandonada de la familia Rothauss, quienes habían tenido una muerte trágica y cuyo único sobreviviente se había contactado con ella para la venta. Toda esta situación le resultaba anecdótica.

Pensó si su abuelo sabría la verdad y se contestó que no, porque le hubiera comentado algo cuando ella iba de picnic al acantilado con sus amigos, él era un verdadero cofre de misterios, le gustaba conservar objetos raros y únicos. Ser dueño de la mansión había sido su sueño, tenía muchos objetos traídos de sus viajes por el mundo y todos tenían una historia. ¿Por qué su abuelo el coleccionista, quería tener esta mansión?... tal vez por el trágico desenlace que sufriera la familia, sin duda hubiera sido la pieza más costosa. Nunca pudo tenerla, enloqueció antes, perdió la línea de la realidad. Lo habían encontraron un día deambulando por la costanera aterrado, en su febril esquizofrenia hablaba de la mansión del columpio, todos pensaron que su pasión de coleccionista se había visto frustrada al no poder comprar la casa, hablaba de extraños hechos, de hombres verdes, de ojos en la oscuridad y en sus alucinaciones se basaron todas las leyendas que habitaban en el inconsciente colectivo. Así había comenzado el principio del fin de la vida de su abuelo. Cuando se tranquilizó lo enviaron a casa y lo dejaron con sus objetos. Una mucama—enfermera estaba a su lado desde hacía muchos años, debido a su avanzada edad no podía estar solo, aunque él no deseaba tener a nadie más que a sus objetos. Hacía tiempo que no había vuelto a hablar de la mansión, pero se le había dado por leer escritos antiguos, tenía libros de monstruos, metamorfosis, sectas satánicas y logias extrañas, sacrificios.

Pensó decididamente que tendría que ir a verlo, aunque él a veces no la reconocía, pensaba que era su hija Helen, y no ella, su nieta. Muchas veces le había seguido el juego, si es que en realidad era un juego el hecho de confundirlas. A veces pensaba que lo hacía a propósito, puesto que su madre no lo visitaba nada más que en su cumpleaños y en navidad. Su madre le había dicho que le tenía miedo y con eso justificaba la falta de interés por él. Se preguntó si sus padres sabrían la historia del accidente con el yate, aunque era extraño que nunca le hubieran mencionado nada acerca de la familia Rothauss. Pensó que cuando regresaran les preguntaría, estaba segura que no le iban a creer que tenía la mansión para la venta.

—Puede venir señorita Frances —le comunicó la enfermera— su abuelo está más tranquilo, no hubo necesidad de internarlo esta vez, venga que a él le va a hacer bien.

7

Decidió ir a ver a su abuelo al otro día de la llamada de la mucama. Tomó el tubo de plástico que contenía el plano y dirigió sus pasos hacia la casa. Sus padres se habían ido de viaje y ya habían llegado a un destino, ese dato la tranquilizó. Al pasar por el puesto de diarios, compró uno y leyó con letras resaltadas: Se recompensará a quién los encuentre sanos y salvos y a continuación se presentaban las fotos de los tres perros. Esto no le llamó mucho la atención puesto que suele suceder que los perros pierdan el rumbo en época de verano, donde las playas se llenan de gente, el río es un murmullo continuo de pescadores y las cabañas apostadas en los arroyos están ocupadas con música y jolgorio de muchachos hasta tarde, pero estos perros eran enormes, sabuesos adiestrados para defender la extensa propiedad de uno de los habitantes más ricos de la región.

Al llegar a la casa de su abuelo, en un barrio apartado con mucha vegetación y aire libre, tocó a la puerta y nadie contestó, rodeó el cerco de ligustros hacia el fondo de la casa y lo vio sentado en su sillón bajo los árboles. Siempre tenía consigo una llave, por cualquier eventualidad. Era sábado y posiblemente la mucama se habría tomado algunas horas libres por lo que el anciano se encontraba medio adormilado bajo los árboles. Pasó la puerta de hierro y se metió en el jardín que ella llamaba "el útero de la casa".

El jardín tenía helechos enormes que colgaban como manos hambrientas, viejas enredaderas habían formado una enramada sobre el pasaje que conducía a la puerta de entrada, en ese túnel verde oscuro y húmedo se desarrollaban orquídeas que chorreaban flores amarillas por debajo de sus raíces. A la salida del túnel y ya cerca de la puerta una cascada de orquídeas rosadas marcaba el fin y el principio. Anecdóticamente volvió a sentir la misma sensación que sintiera en la mansión Rothauss, cuando traspasó el límite de la sala y se encontró con la claridad del día, otra vez sintió que rompía los límites entre la sombra y la luz.

No entró a la casa, la rodeó por el costado hacia el fondo. Al acercarse al anciano, pensaba cómo iba a contarle que la mansión del columpio estaba en venta, él había pasado gran parte de su existencia queriendo comprarla. Eso era lo poco que ella sabía acerca de la relación de su abuelo con la casa. Se acercó al viejo que dormitaba en su sillón y le tomó la mano, el anciano se sobresaltó, pero mantuvo su compostura, se acomodó en su asiento y al ver a Frances la confundió con su madre.

—Hola hija

—Hola —pensó qué iba a contestar— hola abuelo dijo finalmente. ¿Estás solo hoy?

—Por un rato —sin notar que lo había llamado abuelo— la estúpida mujer fue a buscar el diario y aún no ha vuelto.

Frances recordó que "la estúpida mujer" era una enfermera de mucha experiencia, y que demás está decir, le tenía una paciencia enorme, se diría fuera de lo común para soportarlo, también sabía que en el fondo ambos sentían aprecio el uno por el otro, hacía muchos años que estaba al lado del viejo y lo trataba como a un padre.

—Tal vez se entretuvo por el asunto de los perros —dijo Frances.

—¿Qué perros?

—Los perros que se extraviaron, hay una recompensa y la gente se ha vuelto loca, no sé si para entretenerse, matar el tiempo o cobrar la recompensa.

—Eso es —agregó al viejo tratando de incorporarse— la estúpida mujer fue detrás de unos estúpidos perros.

—Te ayudo abuelo ¿entramos a la casa? —preguntó al ver que el anciano había caído de rodillas al tratar de levantarse del sillón mientras vociferaba contra la mujer y los perros.

No le contestó, su humor había sufrido un vuelco.

Entraron a la casa y se sentaron alrededor de la mesita baja del living, ella en un sillón, y él en otro muy parecido al que dejara en el jardín. Los rayos de sol aún entraban por las ventanas, el día estaba lindo y luminoso. Depositó el diario y el rollo con los planos sobre la mesita, las fotos de los perros la trajeron a la realidad de lo que estaba pasando. Respiraba inquieta, no sabía cómo decirle que la mansión del columpio...

—¿Recuerdas la casa de la colina? —comenzó sin pensar más en su introducción, pero el anciano no contestó, su cara contraída formaba máscaras irreconocibles bajo los rayos del sol, volvió a hacerle la pregunta.

—¿Abuelo? ¿recuerdas...

—Sí, que hay con esa casa —contestó como en un suplicio y miró por la ventana esperando ver algo.

—Está en venta —y esperó la reacción en vano, el anciano seguía tan absorto en la calle que ella se incorporó con disimulo a ver si pasaba algo, no vio nada más que silencio. Al rato contestó en un momento de lucidez y pareció que toda la memoria se le abría como una gran puerta hacia el pasado.

—¿Cómo en venta?

—El dueño se acercó a la inmobiliaria y quiere venderla

—¿El dueño? ¿Quién?... ¿Sebastian? ¡es imposible! ¿Ese mal nacido? —preguntó y Frances reconoció al padre de los muchachos, pensó que tal vez le haría daño recordar el pasado y trató de no llevarlo a ese tiempo.

En vano, el anciano ya estaba recordando los días en que se enfrentaba con Sebastian por todo, desde sus hijos... Sebastian quería que su hija, la madre de Frances y David fueran buenos amigos y llegaran a formar una familia, algo en lo que él no estuvo nunca de acuerdo. Sebastian quería todo lo que él tenía y él quería la propiedad de la colina que el extranjero le había sacado de las manos cuando se realizó el remate de los solares.

Recordó que al principio habían sido buenos amigos, le había comentado que quería construir una casa en proporción con la naturaleza para sentir la fuerza de las matemáticas en la piel. Era un fanático de las matemáticas y seguía la escuela de Pitágoras que decía que todo en el universo está regido por las matemáticas. Sebastian tenía una familia, una mujer, Bennie y dos hijos, Rebeca y David de aproximadamente tres y cuatro años y necesitaba vivir en un lugar adecuado para los niños. Cuando él encontró el lugar para construir su casa, Sebastian se había interesado al principio por curiosidad, luego cuando le fue explicando los planos y la fuerza que podría llegar a sentir en esa casa todo cambió. Cuando le explicó que desde el corazón hacia fuera se desarrollaba la espiral de Durero, perfecta, y que eso significaba el crecimiento, el nacimiento de algo positivo y verdadero y que el proceso normal de la naturaleza se vería reflejada en esa curva en esos triángulos y cuadrados...

—¿Crecimiento? —le había preguntado Sebastian en una media lengua, que su abuelo ya estaba acostumbrado, ¿crecimiento? Volvió a preguntar, fuera de todo razonamiento lógico.

—Crecimiento, nacimiento de una nueva forma de ver la vida entre árboles y estructuras matemáticas, todas perfectas, en su justa medida, absorbidas por las piedras y el río —le había contestado casi enajenado.

—¿El nacimiento de una nueva raza tal vez? —le había dicho Sebastian con un brillo extraño en los ojos.

—Tal vez —le había contestado, ¿por qué no? el nacimiento de una nueva raza que tenga la capacidad de reproducirse matemáticamente... y su imaginación cobró alas hacia el infinito.

—Una nueva raza que pueda reproducirse matemáticamente en el tiempo —había repetido Sebastian que a esa altura ya tenía otros planes con respecto al solar que se estaba por rematar. Su amigo le había dado todos los elementos que necesitaba para lograr establecerse con su familia en el lugar perfecto. Recordó la puja que habían tenido entonces y cómo Sebastian había pagado una fortuna por ese lugar privilegiado. Recordó cómo habían llegado a los puños a la salida del local de remates, recordó que habían terminado en la cárcel y que J. Rothauss el padre de Sebastian con sus ochenta y cinco años había levantado la acusación contra él, y cómo Sebastian con su natural ironía lo había dejado en mala postura delante de la sociedad. Recordó cuando se empezó a construir la mansión y cómo el resentimiento se había establecido en su carne como fiel morador, la muerte de J. Rothauss al poco tiempo terminó de sellar toda intención de reconciliación entre ellos. Recordó que Sebastian nunca salía con su esposa, la cual estaba siempre en la mansión, hecho que había creado la leyenda de esa mujer hermética y misteriosa encerrada entre rocas y vitrales.

Cómo Sebastian se había obsesionado con la idea de la nueva raza, enloqueciendo entre las rocas, cómo había tenido problemas con sus hijos, cómo alguna vez había tratado luego de dieciséis años acercarse nuevamente a él con una idea macabra que implicaba a sus hijos y la cual no tenía cabida en ninguna mente racional, y cómo él lo había rechazado, pensando que se había vuelto loco, viéndolo perdido, abrumado y desesperado. El día del accidente en el río y sus extrañas muertes pensó que sería el final de la gran pérdida de tiempo que había sido la vida de Sebastian. Con la partida de David, único superviviente de la familia, en estado de coma, concluía un capítulo y él se había quedado sin rival, sin sueños... y lo último que tenía en la memoria era la tarde aquella a dos días de la tragedia, que sintiera la imperiosa necesidad de ir, y cómo aquella fuerza irresistible y misteriosa lo había atraído hacia la casa.

Había estacionado el coche en un costado de la ruta, e internándose en el bosque de pinos había comenzado el ascenso zigzagueando entre los árboles, caminando en silencio al principio con un poco de temor, porque las agujas caoba de los pinos formaban un colchón de pequeñas ramas en el suelo, marrones, irregulares, húmedas, luego sus pies se acostumbraron a pisar sobre ellas y no impidieron que prosiguiera con su ascenso. Al llegar al portón de la mansión quiso entrar, pero algo lo había detenido, no recordaba qué, la memoria en ese punto se le bifurcaba, se le atrofiaba, se esfumaba entre unos ojos de fuego entre los árboles, entre unas garras, entre fantasmas ululantes, nunca pudo recordar que fue lo que lo había puesto en estado de shock, nunca pudo recordar dónde había dejado estacionado el coche, dónde vivía, cómo se llamaba... y ahora la historia de la mansión regresaba para abofetearle la cara, ahora que él lo único que deseaba era conservar los objetos extraños que había tallado en madera, y todos los otros fetiches que mantenía a resguardo en el sótano.

Frances no le había prestado demasiada atención a las relaciones de su abuelo, él siempre había tenido un humor ácido para con todas las cosas que lo rodeaban. Luego de un silencio en el que ambos se internaron en sus pensamientos respondió.

—David Rothauss se presentó en el negocio —contestó Frances con conocimiento de causa.

—¿David? —gritó mirándola ahora insistentemente.

—Sí, David... ¿lo conociste? —contestó y agregó, sé por Juancho que todos pensaron que había muerto, pero estuvo internado un tiempo en un centro de recuperación, volvió y se comunicó conmigo para la venta de la casa, aunque no lo he visto en una semana, tendré que ir por la mansión.

—¿David? —volvió a preguntar— ¿estás segura?

—Sí, por los documentos que me mostró es el hijo de Sebastian, sin duda es el dueño de la casa y ha vuelto para venderla, yo quise venir a decírtelo, porque sé que siempre quisiste esa casa, aunque tal vez con el paso del tiempo hayas cambiado de opinión, además —acotó— es a esta altura de las circunstancias, invendible, te diré que no hay en la ciudad nadie con un poder adquisitivo para la compra de esa propiedad.

—¿Tu madre lo sabe? —le preguntó y Frances supo que no la había confundido, que era un juego que él hacía para imaginarse que su madre lo iba a visitar.

—Aún no.

—¿La has visto?

—Sí

—¿Por dentro?

—Sí

—¿Sola?

—No, con David.

—¡Dios! —gritó tapando sus ojos con ambas manos— dime que no es verdad, dime que es mi imaginación, dime que no es verdad.

—No sé a qué te refieres ¿pasa algo malo abuelo? —dijo acercándose y tomando las manos temblorosas del anciano en las suyas y agregó —quiero que me cuentes que sabes de la familia... ¿los conociste?...

El viejo no le contestó. Al cabo de un rato, rompió el silencio en el que se había enfrascado y sin mirarla, casi para sus adentros le replicó.

—No la aceptes, recházala.

—No hemos tenido una venta grande en mucho tiempo abuelo, es necesario que la tase y ponga a la venta, aunque... el dueño no ha vuelto por el negocio, no sé, tendré que ir a ver si aún quiere venderla, es extraño que no se haya comunicado conmigo.

—No va a venderla, recuerda, no la va a vender, no pierdas tu tiempo en tasarla, no va a venderla.

—Estaba decidido cuando fue a verme, incluso me llevó los planos para que los estudiara y me pareció que a ti te interesaría la proporción que existe en la planta, lo he notado en el patio semi—circular y en el del mirador, son figuras geométricas —y se detuvo, quería que su abuelo fuera el hombre jovial y lleno de entusiasmo que en sus momentos de cordura le explicaba las proporciones matemáticas, las fórmulas que parecían sacadas de un libro de alquimia, las ecuaciones, e hipótesis entre raíces cuadradas y números dorados, aunque sabía que eso sería casi un milagro, hacía mucho tiempo que no hablaban del asunto y no sabía cómo iba a comportarse. De todas maneras, extrajo el plano del recipiente y lo extendió sobre la mesa baja sentándose en el suelo, esperando que su abuelo se entusiasmara con semejante desafío.

—Proporción áurea —aseveró con firmeza sin mirar el plano —la casa está diseñada en proporción áurea ¡Ese maldito de Sebastian me robó la idea! yo quería construir en ese lugar una mansión en proporción áurea y se me adelantó, no solo compró el solar perfecto que yo había encontrado, y me lo sacó de las manos, sino que se quedó con mi proyecto, con mi vida, lo odié por eso.

—¡Proporción áurea! —gritó Frances— ¡Eso es! Por eso me pareció tan familiar esa distribución del cuadrado que abarca el sendero hasta la puerta de entrada, el rectángulo abarcando todo —seguía con los dedos el trayecto de las rectas— hasta puedo ver cómo se desarrolla la espiral creciente desde el vértice que une el cuadrado y el rectángulo, hasta el patio semi—circular que tanto llamara mi atención, tal vez —y recordó la escalera que descendía entre vitrales— tal vez esa escalera lleve a un sótano —hablaba en voz alta sin prestar atención a su abuelo que ya le había dado la clave y se mantenía como mero espectador.

Su entusiasmo iba en aumento hasta que se detuvo en seco y miró al anciano poniendo su cara muy cerca de la suya como cuando quería reprenderlo por algo

—¿Cómo es esa historia entre tú y el padre de David?, nunca me la contaste.

—Algún día lo entenderás —dijo desviando la vista— pero recuerda lo que te digo, él no va a vender la casa.

Y se sumió en un mutismo que Frances no pudo sacarlo más. Ese mutismo la molestaba, hacía que se sintiera una extraña. Guardó el plano en el momento que entraba la mucama, regresaba del centro médico donde había ido a levantar unos medicamentos, cruzó unas palabras con ella y le comentó que había mantenido una conversación con el anciano.

—Al menos está tranquilo —susurró— le dije que iba a demorar a lo sumo una hora entre ir y venir, pero la gente está como enardecida con el asunto de la recompensa de los perros.

—Cualquier cosa me llama de inmediato, como siempre...

—No se preocupe que todo está bien —le dijo la enfermera mientras la acompañaba a la puerta. Al pasar nuevamente por el túnel de vegetación no le pareció demasiada la diferencia entre los límites, sería tal vez porque había comenzado a oscurecer.

No se despidió de su abuelo, sabía que era inútil, cuando se metía en ese mundo de silencios no contestaba, no reconocía a nadie y mientras estuviera tranquilo en esa calma, era conveniente dejarlo con sus recuerdos, dejarlo con su mundo donde él era el único protagonista. Ahora sabía un poco más acerca de la historia de su abuelo y el por qué siempre estuvo pendiente de la mansión. En un principio había sido suya, había sido su sueño, el proyecto de toda una forma de vida y pensamiento y Sebastian se lo había usurpado, ahora sabía por qué la locura, por qué el odio.

Se sintió una intrusa entre la historia de esos hombres, sintió que traspasaba el tiempo y su natural curiosidad comenzaba a despertar bebiendo de a sorbos la historia de la familia Rothauss. Decidió que le devolvería a su abuelo la dignidad que Sebastian le quitara, no sabía cómo... aún.

8

Pasó el domingo sin salir de su casa, realizando un estudio y un boceto para la venta de la mansión Rothauss, sentía el mismo presentimiento que su abuelo con respecto a la venta, tendría que tasarla al valor real, y eso era lo que más entorpecía sus movimientos, de todas maneras, debía hacerlo, era lo que había acordado con el propietario. Esperó su llamado telefónico, o su visita, la ausencia de noticias del interesado la estaba preocupando, tal vez le había pasado algo, aunque la noche anterior lo había visto muy animado, desechó que hubiera tenido algún accidente, tal vez un contratiempo o algo muy importante para no comunicarse con ella en días. El tono exacerbado que utilizó al indicarle que colocara en venta la mansión le hacía dudar de todo ahora que no se presentaba, ni siquiera la llamaba por teléfono... ¿tal vez se decidió a no vender? Tal vez ya tenía un comprador o un interesado que ella desconocía. Desechó también la idea que se hubiera ido, lo cierto era que ya tenía los carteles publicitarios para su colocación, ya tenía las placas para los diarios y los anuncios para la televisión local, pero le faltaba el cliente, tendría que ir a la mansión a enterarse que era lo que estaba pasando. Inconscientemente no quería ir allá, inventaba pretextos sin sentido, se propuso esperar un día más, tal vez el lunes...

Recorrió la biblioteca de su casa y buscó los viejos libros donde estudiaba con su abuelo, la sección áurea estaba marcada con un papel doblado donde se entrecruzaban líneas y números, reconoció la letra del anciano. Se llevó el libro para el escritorio y entre los planos de la mansión, los carteles y todos los elementos para la promoción de la venta se sentó a leer:

"La proporción áurea se encuentra en la naturaleza y en las creaciones humanas. Curiosamente los formatos adaptados por la mayoría de las tarjetas actuales (NIF DNI tarjetas de crédito, calendarios, etc.) son áureos, de forma que, si se quiere saber si un determinado rectángulo lo es también, tan sólo se tiene que poner una de estas tarjetas delante de los ojos y si se consigue ajustarla a él, éste será también áureo. Nos encontramos con la sorpresa de que muchos cuadros, espejos, puertas de edificios, etc.... guardan esta proporción." Luego había una referencia de pintores famosos que la habían aplicado, como Picasso, Fidias, Leonardo da Vinci, Piet Mondrian, Joaquín Torres García, Salvador Dalí... se encontró con la visión de los pitagóricos de "Todo es Número" Vio como si se unen los vértices de un pentágono regular de dos en dos trazando las diagonales se obtiene la estrella de cinco puntas. Los lados de la estrella son las diagonales del pentágono, las cuales se cortan según la razón áurea. Esta estrella de cinco puntas era el símbolo de los pitagóricos. Se asombró al recordar que esta estrella, dentro de un triángulo era la que coronaba el gran portón de hierro de la entrada de la mansión Rothauss. Encontró además las teorías del arquitecto romano Marco Vitrubio sobre la aplicación de la sección áurea al ser humano. Recorrió los dibujos de Leonardo da Vinci "El hombre de Vitrubio" y se dio cuenta que la respuesta estaba delante de sus ojos. Aún le faltaban muchas piezas para recomponer la visión del pasado, el presente y lo que pudiera pasar en el futuro. Había muchas dudas, muchas aristas oscuras, tenía en realidad pocos datos sobre la mansión. Luego de pasar la tarde leyendo, recordando y realizando cálculos sobre la planta de la casa notó que tenía todo, pero no tenía nada. Este tipo de misterios la atrapaba, máxime cuando su abuelo estaba implicado en él, y ella en alguna medida también. Un cosquilleo ya le había comenzado desde las plantas de los pies, pasando por los brazos hasta instalarse en el estómago. Era notoria la presencia del misterio, de los secretos, supo entonces que en esa casa había algo más que proporciones áureas, supo que tenía que ir, que debía recorrerla con detenimiento, había quedado intrigada por la gruta que le comentara Juancho y ahora toda esta historia de su abuelo con Sebastian la ponía con una desmedida excitación, acrecentada además con la aplicación de las matemáticas en la naturaleza y en el progreso de la vida en general en una teoría que su abuelo y Sebastian conocían.

Cuando David se presentó ante ella en la inmobiliaria después de una larga y tediosa semana, en que se había creado una cantidad de conjeturas, era otro hombre, estaba más animado, se diría que eufórico, recordó las palabras de Juancho acerca de su madre, que por momentos estaba con esa euforia que era una llama ardiente —los genes de la familia— pensó y decidió escucharlo; no pudo, era la primera vez que lo veía sin los anteojos oscuros. Ahora, aseado, con ropa nueva y sin esos anteojos que afeaban su rostro, no representaba los años que tenía, estaba cambiado por completo. Era un hombre interesante, a pesar de su cojera y de su continuo cigarrillo entre los dedos. Se obligó a no detenerse en detalles, aunque estuvo casi al borde de preguntarle por la noche del sábado, pero se contuvo...

—¿Me escuchó? —Le recriminó con el rostro sorprendido.

—Perdón —contestó— casi no lo reconocí David —agregó, aunque ese trato le pareció muy lejano, demasiado cortés. Había hurgado en el pasado de este hombre, sabía de su tragedia, había descubierto en una semana datos interesantes de su familia que la hacían sentirse un tanto segura con respecto a él, aunque no satisfecha. Lo había visto con su violín en la esquina de la terminal y tuvo que contener su impulso para no tratarlo como a un viejo amigo.

—Le decía —sentándose cómodamente— que vengo a retirar la venta de la casa, no la voy a vender, me mudaré a ella —hablaba y modulaba las palabras tratando de hacerse entender, lo cierto era que estaba decidido a no ponerla en venta.

Esa noticia no la tomó por sorpresa, puesto que su abuelo se lo había dicho y ella sentía desde entonces la misma certeza que su instinto le reflejaba. Por un lado, sintió alivio, porque sabía que la mansión no podía venderse, pero por otro lado estaba perdiendo una venta muy grande. Este contrasentido de situaciones transformó su rostro, él notó su preocupación y terminó por decirle:

—No te preocupes Frances —notó el tuteo mientras sus ojos recorrían ávidos su rostro, no le molestó —serás mi gestora personal, llevarás mis papeles y harás los trámites, los cuales detesto —se acomodó en su asiento— ¿Qué me dices, aceptas?

—Tendrás que realizar algunos arreglos a la mansión —le dijo también tuteándolo sin molestarse y sin contestarle enseguida la proposición de ser su gestora, lo cual sí la tomó por sorpresa.

—Ya pensé en los arreglos —dijo señalándola con el dedo índice.

—¿No es demasiado grande para una persona sola? —Preguntó dando por sentada la respuesta afirmativa de su proposición.

Esa pregunta no debía haberla dicho en voz alta, pero ya estaba dicha. Quiero decir, que es una mansión con muchas habitaciones ¿no te sentirás muy solo? —se levantó de un salto, increpando a su conciencia, seguía con sus indiscreciones, esperaba que le dijera que no se metiera en su vida, que eso era cuestión suya, que...

—No estaré solo —contestó pensativo.

—¿No? —Seguía con su tono curioso imperdonable a esa altura, pero que no podía evitar.

—No, me acompañará por un tiempo un profesional, Marcos Achaval que realizará una investigación, es ayudante de un grupo científico que tiene sus laboratorios en Europa, habla muy bien nuestro idioma y podrá hacerse cargo de las notas que dejaron mis padres, más específicamente mi madre.

Segunda gran coincidencia con la leyenda, pensó, lo de "científicos locos" iba tomando forma.

Pero tenía que saber algo más y estando cerca de él lograría descubrir todo este legendario misterio.

—¿Tu madre? —Preguntó inocentemente— tu madre ¿era científica?

—No, pero ella siempre necesitó de doctores, laboratorios y genetistas que entraban y salían de casa. He encontrado en el sótano una cantidad de archivos y un pequeño laboratorio con todo lo necesario, para qué, no sé, es lo que me insta a descubrir por eso llamé a uno de los doctores que me atendieron en el extranjero para que me ayude a descifrar qué es lo que hay allí, tal vez sean anotaciones sin sentido, eso lo sabrá Marcos. Por ese motivo, he decidido no vender, por lo menos por ahora. Vengo a disculparme y a pedirte que seas mi colaboradora en este comienzo... no conozco a nadie más en el pueblo, mejor dicho, conocí tiempo atrás a otras personas... pero de eso hace mucho... necesito de tu colaboración para que trabajes junto con el doctor Achaval que vendrá a reunirse conmigo la próxima semana. ¿Qué dices? —le increpó buscándole la mirada.

—¿Conociste a mis padres?

—No sé... tal vez...

Supo que estaba mintiendo, porque Juancho le había contado que sí se conocieron todos, no eran amigos, pero se conocieron en la adolescencia... ¿cómo pudo olvidarlo?

—Sí David, necesito tener una nueva actividad, últimamente veo fantasmas en las esquinas —sus miradas se cruzaron por un instante— eso no es bueno, cuenta conmigo —y levantándose de la silla detrás del mostrador, caminó rodeándolo y se paró delante de él.

—En cuanto a la venta, bueno, lo dejaremos en suspenso por el momento. ¿Archivos en un sótano? ¿Laboratorio?, Eso sí que es algo que no esperaba encontrar. No vimos el sótano cuando hicimos la recorrida por la mansión, no lo recuerdo. —Dijo como al pasar en voz alta.

—No, tienes razón, no lo vimos por precaución. Estuvo muchos años abandonado, necesité limpiar a fondo y en esa limpieza, encontré los documentos de mi madre los cuales despertaron mi curiosidad. Mi madre siempre fue una mujer hermética, nunca hablaba de sus cosas, sino lo mínimo necesario, pensé que tal vez estos papeles me acercaran a ella de alguna manera y pudiera llegar a entenderla.

No preguntó por qué la madre necesitaba de médicos y científicos, ya se lo había contado Juancho. La familia era visitada por médicos debido a un problema en el crecimiento de los niños que luego fue superado, tal vez esos documentos reflejaran lo que verdaderamente les había pasado, de ahí el interés por saber la verdad.

—¿Por qué regresaste después de todos estos años? ¿Dónde estuviste? —Las preguntas le salieron como reproches y rogó que no se diera cuenta.

—Estuve en un sanatorio de estudios genéticos por un tiempo, luego recorrí Europa, y después de algún que otro fracaso sentimental, me di cuenta cuánto necesitaba regresar al lugar de mi infancia. Siempre pensé que en esta casa estaría la respuesta de todos mis males y ahora al descubrir esos archivos en el sótano creo que estoy cerca de saber la verdad.

—¿Qué males? —Interrogó como al descuido— pero no le contestó y decidió cambiar el rumbo de la conversación. —Tendré que ir a realizar un inventario para comenzar con los documentos legales —dijo en forma de proposición.

—Si, está bien, en la semana llega Marcos, que es el que se encargará de los escritos científicos —y agregó— quiero que lo conozcas.

Luego comenzó a ordenar nerviosamente los papeles en la carpeta, encendió el cuarto cigarrillo desde que estaba frente a ella, se pasó la mano por el cabello y se paró en el umbral de la puerta.

—No traes los anteojos oscuros —le hizo notar en tono amigable.

—No, ya no los necesito —dijo pasándose la mano por el rizado cabello— me he curado, era una alergia que he vencido con medicamentos y otros remedios caseros — sonrió socarronamente.

No supo qué le quiso decir con "remedios caseros", pero sabía que los remedios de las abuelas eran siempre eficientes y también sonrió en forma cómplice. Se marchó, apresurado, arrastrando su pierna, apretando los papeles bajo el brazo, se acercó a la ventana y lo siguió con la mirada a través de los vidrios con letras verdes de la inmobiliaria. Se diría que estaba contento, más animado... pero ¿Cómo pudo olvidarse de sus padres?

En ese momento entró el chico que le alcanzaba el diario de lunes a viernes con cara de horror.

—¿Vio señora? —le dijo a la vez que le ponía el diario en las manos— encontraron a una muchacha muerta.

—¿Cómo? ¿Dónde? —preguntó— hacía mucho tiempo que no ocurría un crimen y esa noticia corrió como reguero de pólvora entre los ciudadanos que ya venían soportando desde las cabras y los perros una tensión no deseada.

—En la parte de atrás del cementerio, cruzando el puente —lea, lea— dicen que es una de las muchachas de la gente que vive en el puente.

Y salió corriendo a entregar su noticia como un mercader ambicioso, sin duda esa noticia agotaría los diarios del día. En la página principal del diario leyó:

Horroroso crimen fue descubierto en la tarde de ayer: una adolescente fue encontrada en el barrio "del puente" con el cuello destrozado. los peritos forenses están trabajando para encontrar pistas, pero por el momento los detalles de la muerte se mantienen en absoluta reserva.

9

Tenía curiosidad por conocer a Marcos, por lo que David le había contado, tenía cuarenta y seis años dedicados totalmente a la ciencia. Tal vez eso era lo que necesitaba para sacarla de la depresión... esperaba que tuviera sentido del humor.

Pasó el resto de la semana ocupada en trámites de la empresa y si bien se mantuvo expectante a la llegada del doctor Achaval y a la noticia del asesinato en el puente, nada marcó tanto su entusiasmo como la idea de volver a la mansión. "Si pudiera la compraría" pensó y reconoció la herencia de su abuelo en ese deseo. En una de las llamadas les comentó a sus padres la historia de la venta de la mansión y quedaron tan impresionados como el abuelo, no podían creer que hubiera vuelto el dueño después de tantos años.

—¡Quiero que lo detengas todo el tiempo que sea necesario! —Le había gruñido su padre— ¡Espera a que lleguemos!, nosotros conocimos a un muchacho que vivía en esa casa, era el hijo de la familia que en ese entonces era dueña, queremos verlo y saber si es la persona que decimos.

—Es él, me lo confirmó Juancho.

—¿Estás segura que es él? —le había preguntado su madre en un susurro— y agregó —entonces no me equivoqué, era él la persona que entraba al negocio cuando yo salía, era él... pero ¿Cómo puede estar vivo?

Repentinamente le vino a la memoria el rostro de aquel muchacho "raro" que tocaba el violín, recordó la mirada penetrante, recordó las excentricidades de aquella familia. Que Sebastian, su padre los había invitado una vez a cenar y se lo había presentado. Le vinieron a los oídos las palabras halagadoras y los ojos profundos que se clavaban como espinas sobre su carne... desde ese día había tratado de evitarlo, le molestaba esa presencia, sentía temor al verlo y cuando sucedió el accidente en el río pensó que todo había terminado...

—¿Hablaste con el abuelo por la venta? —le dijo tratando de volver a la realidad.

—Sí.

—¿Qué te contestó? ¿Se acordó?

—Me contestó que algún día lo entendería, sabes cómo es, se enredó en ese silencio que detesto y tuve que irme, pero, me parece que ya no es lo mismo para él.

—¿Será David? —repetía su madre como si los recuerdos la atormentaran.

Quiso decirles que sí, que era él, quiso decirles que sabía parte de la historia, quiso reprocharles que nunca se la habían contado. Pero lo que les dijo fue que los mantendría al tanto de lo que pasara y los volvería a llamar en unos días.

A la semana de haberles dado la noticia, les comentó que la venta se había suspendido, y que el muchacho en cuestión se llamaba David y que Juancho le había confirmado que era el mismo muchacho que habían conocido en la adolescencia, quedaron en silencio hasta que su padre le replicó desde una isla de México.

—¡Lo convenceremos de todas maneras Frances, nos quedaremos con la casa del columpio que tanto tu abuelo quiso tener!

Le extrañó que su madre no emitiera juicio, ella estaba siempre en todo y era la última en tener la palabra. Les pidió que se tranquilizaran, que estaba todo bajo control, que estaría en la casa trabajando con él y que no le perdería pisada. Les sugirió que tomaran el camino de los Mayas y que fueran a ver la Pirámide de la Luna y otros monumentos que aún se conservan, incluso les sugirió que fueran al Museo de Antropología que era un lugar fuera de serie.

David la había citado para el domingo de mañana en la mansión, Marcos hacía dos días que había llegado y se estaba poniendo al día con los escritos. Al acercarse al portón de hierro, notó algunos cambios, no muchos; los necesarios. La maleza que resguardaba el portón estaba cortada y el patio circular limpio de hojas, no así el sendero que seguía con matices dorados y púrpuras, algunos bronces de la puerta pulidos y los vidrios de la sala eran nuevos, pero nada más. Su imaginación volaba a mil con cada ruido extraño, con cada vuelo de pájaro entre los enormes y frondosos árboles. Estaba atenta a cualquier manifestación, pero nada anormal ocurrió. El viejo columpio la recibió chirriando. Supo entonces por qué razón se columpiaba, impregnando de historias las cabezas de los pobladores que atinaban a pasar cerca de la casa. Éste se encontraba en un corredor entre árboles, que era la única zona descubierta, el viento pasaba sin obstáculo alguno entre el corredor, lo único que encontraba a su paso era el viejo columpio y lo hamacaba sin piedad, sacándole sonidos horripilantes a las cadenas que parecía el grito de algún pájaro ya extinto, primitivo, de grandes alas que como fantasma volaba al costado de la casa entre los árboles. Él la esperaba en la puerta de entrada, con una sonrisa abrumadora, era impresionante ver como había sufrido una transformación tan rápida desde la primera vez que lo había visto. Aquel hombre taciturno e indeciso, sin duda no era el mismo que la recibía con los brazos abiertos, y lo que más le llamó la atención fueron esos ojos, sin la protección de aquellos espantosos anteojos oscuros. Le brillaban con una luz especial. Trató de no sacar conclusiones apresuradas, Marcos apareció detrás de él y rápidamente apretó la mano de Frances entre las suyas.

La impresión al entrar a la mansión fue la misma que tuvo la primera vez, los objetos seguían conservando su lugar histórico, cada jarrón, cada cuadro, cada adorno tenía razón de estar ocupando ese lugar. Los muebles ahora sin la protección fantasmal, adquirían su natural brillo. Los cuadros seguían acompañando el avanzar de los escalones, con los mismos rostros fríos, de ojos penetrantes y rizos de oro.

—Me da gusto conocerte —dijo en tono amable.

—Frances, pasa por favor, estábamos esperándote —agregó David coloquial.

Marcos la escoltó a la cocina, esos pocos días en la mansión lo habían transformado en un conocedor de atajos. El humor que reinaba en la casa era distendido, se diría familiar. Marcos era un hombre amable, el cabello castaño muy lacio le caía en cascada irregular sobre unos anteojos que no desentonaban con el conjunto de su persona. Descubrió unos ojos color café tan curiosos como los suyos, la aceptación que hubo entre ambos fue mutua. Siempre pensó que los ojos color café eran engañosos y un cartel luminoso de atención se presentó ante ella. Era curioso cómo había cobijado prejuicios, los cuales creía que obedecían a la verdad. Esperó que esos ojos no fueran a decepcionar una futura relación entre colaboradores. El olor que salía de la cocina, le resultó familiar, pero no lo pudo identificar hasta que se presentó en la puerta.

—¡Juancho! —Gritó asombrada al verlo desplazarse en todo el recinto con placer y a gusto, preparando deliciosos platos.

—Hola Frances —le sonrió cómplice— no pude resistir la curiosidad de venir a verlo, nos encontramos y recordamos viejos tiempos, cocinaré para ustedes mientras David se quede en la casa... atrás quedaron los cangrejos, las lagartijas, las diferencias sociales, nos alegramos de habernos encontrado, no sé qué tiempo estará en la casa, pero mientras esté, yo seré el cocinero oficial, ¿qué te parece? —le dijo en una sonrisa cómplice.

—Me da gusto encontrarte aquí, no sabes cuánto... ¡gracias! —le dijo en un susurro y se retiró a la sala donde estaban David y Marcos conversando animadamente.

—¡Trabajaré en la cocina el tiempo que se quede en la casa! —volvió a gritarle desde la puerta.

Esa frase vino a calmar un incipiente nerviosismo, él era de confianza, se sintió segura al tenerlo a su lado, él la conocía, sabía lo que le gustaba y con su bonhomía trataría de complacerlos, de eso estaba segura.

Al entrar al recinto donde estaban los hombres, se detuvo a observar la escena objetivamente. Pensó en la extraña situación en la que se encontraba, tres hombres, uno recientemente conocido, el otro como un padre y un hombre de cuarenta y seis años, Marcos, quién se servía un whisky mientras David acariciaba un vaso con vodka. El doctor Achaval no era un hombre atractivo, pero había algo de intelectual que le atraía a pesar de esos ojos.

Formaban un heterogéneo grupo, casi irreal, en un ambiente misterioso. ¿Tendrían algún punto en común? Esa pregunta se la fue respondiendo poco a poco. Aún no sabía qué papel jugaba ella en la vida de estos hombres. Marcos se acercó enseguida con un trago, la invitó a sentarse frente a David, mientras Juancho con el mayor placer del mundo canturreaba en la cocina. Una hermosa postal familiar, pensó y se dejó llevar por las anécdotas de ambos hombres. David luego de un vodka se había aflojado y comenzó a hablar de la familia, la madre, hermana y padre que llenaron gran parte de su alocución. La figura de la madre crecía a cada momento y supo algunas anécdotas jugosas. Se enteró que había sido ella quien había mandado construir la gruta debajo del mirador, y que pasaba en ella gran parte del tiempo, meditando, estudiando y pintando salamandras en las paredes como pasatiempo.

Siempre le había interesado a Frances el retroceso social del hombre, cómo a veces las personas en lugar de seguir con la evolución, comienzan la marcha cangreja, desplazándose en forma irregular. Como si convivieran con dos realidades, la cotidiana dónde los sucesos se desarrollan siguiendo normas universales, y la "otra realidad", en la que todo puede pasar. En esa "otra realidad" está la muerte agazapada en la esquina, están los accidentes, las revueltas sociales donde las personas se vuelven puro instinto y matan por venganza, se inmolan por ideales, linchan a violadores, ahorcan y cortan las manos a ladrones. En esa "otra realidad" los hechos son producto de la imaginación colectiva, que no pueden suceder en la realidad cotidiana y cuando se manifiestan, el desconcierto en el hombre es tal que pierde el equilibrio y se transforma en instinto. La madre de David podría ser un ejemplo de ese retroceso. Había dejado de comunicarse porque no entendía mucho el idioma, la cueva la había construido ella y esa manía de dibujar anfibios en las paredes que no tenía a simple vista explicación, desconcertaba a Frances que siempre buscaba historias que la pudieran sorprender. Se propuso ir a ver esas pinturas algún día, con Juancho por supuesto, quien había pedido expresamente para acompañarla.

Marcos no hablaba mucho, prefería mantenerse expectante lo mismo que ella, eran como dos piezas de un ajedrez esperando turno. Su mirada le transmitía por momentos inquietud, por momentos calma y simpatía, por momentos se perdía en pensamientos, ajeno totalmente a la charla, supuso que tenía que hablar con él, sin duda estaba en otro mundo, tendría otros problemas, tal vez ya habría descubierto algo entre los archivos de la madre y estaba preocupado por ese motivo. Su comportamiento lo traicionaba, se frotaba continuamente las manos, esquivaba la mirada de Frances, pensó que estaba ocultando algo, generalmente su instinto no le fallaba...

—¡El almuerzo está servido! —gritó Juancho desde el comedor— se incorporaron y Marcos acompañó a Frances, mientras David apuraba el último trago de vodka.

10

Luego del almuerzo que fue como siempre a la manera de Juancho, se sentaron los cuatro en el patio bajo los árboles alrededor de una mesa de mármol. Ella se sentía segura, pero había algo inquietante que no atinaba a ver, tal vez la situación atípica en la que se encontraba con esos tres hombres tan distintos entre sí. Por un momento pensó que no debería estar en ese lugar, pensó que era una equivocación, que debía levantarse y sin decir palabra cruzar el gran portón de hierro e irse a casa a descansar, pero no lo hizo, había algo que la retenía a pesar de todas las señales adversas que le enviaba su sentido común, ese algo era para ella un misterio y rogó que todos esos temores fueran producto de su imaginación. Había muchos secretos en los cuales estaban implicadas casi todas las personas que quería, sus padres, Juancho, su abuelo y el objetivo más tentador que se le presentó ante los ojos fue abrir el cofre de los secretos, apoderarse del pasado de estas personas, arrebatarles el tiempo cobrando una vieja deuda del destino, devolverle al abuelo el proyecto de una vida y limpiar las manchas del resentimiento que se había instalado también en la piel. Estando al lado de los usurpadores podía llegar a lograr el deseado objetivo... detuvo esos pensamientos de revanchas, no eran buenos y ya su cara había comenzado a transformarse en una máscara agria bajo las sombras de los árboles del patio.

—Frances —le dijo David en un tono amable que hacía suponer que venía algo más detrás— ven, necesito hablar contigo. Lo miró atenta y siguió de cerca aquellos sincopados pasos hasta el borde de la baranda que se metía en el río.

—Necesito personas de mi confianza —comenzó diciendo— como verás, el doctor Achaval tratará de descifrar códigos científicos acumulados por los "experimentos" de mis padres. Juancho me ayudará en la cocina, que es su punto fuerte, además de ser un viejo amigo y tú te encargarás de los asuntos de gestoría legal y papeles y esas cosas, que yo desconozco, y ... acompañarás al doctor Achaval en la incorporación de datos a un archivo digital... pero —y eso alertó sus sentidos, porque ese pero podía desembocar en cualquier petición— necesito que mantengas a la gente fuera de este lugar, sería conveniente que nadie más que ustedes supieran que he venido a la mansión, por tranquilidad, no quisiera tener a curiosos merodeando por la zona, tú la seguirás visitando como profesional, sacando fotos, implementando algunos arreglos que pudieras encontrar, en fin —dijo paseándose de un lado a otro— necesito que lo que pase dentro de la mansión no se sepa afuera de ninguna manera, los cuatro que estamos reunidos hoy seremos los únicos que compartiremos nuestro "secreto".

Frances comenzó a caminar recorriendo la baranda metálica con los dedos en silencio, alejándose de él, necesitaba ordenar su pensamiento, necesitaba tener un momento de decisión. David se acercó deteniéndose a su lado y la miró en forma interrogativa, sabía que tenía que hablar claramente a partir de este momento y no dejar ningún lado oscuro.

—Dices que no quieres que nadie se entere, pero alguien arregló los vidrios, limpió el pasto y pulió los bronces, tuvo que ser alguien del pueblo, o sea que es casi imposible que no se sepa que hay gente en la casa del columpio.

—Eso... bueno, en realidad es un anciano que vive en un predio cercano a la mansión, al final del camino de eucaliptos. Es callado, no habla con nadie y realiza limpiezas en las casas y se encarga de la jardinería de toda la zona. No creo que sea motivo de preocupación...parece que es medio loco —dijo haciendo un gesto, dando por concluido el tema y retomando la atención hacia Frances.

—Hubo dos puntos que no me quedaron para nada claros: cuando dijiste "experimentos" y "secreto" —le dijo mirándolo ahora sí a los ojos.

—Mis padres... —desvió la mirada pensativa y agregó casi al instante— pero eso ya lo sabrás cuando empecemos a trabajar sobre los documentos de laboratorio, quiero además que estés junto a él cuando se abran los archivos.

—Nunca pensaste en vender la casa... ¿verdad? —le preguntó en tono amable, aunque su mirada transmitía lo contrario— tendría que comenzar a saber la verdad y creyó que este era el mejor momento.

—Sí, pensé, pensé venir a terminar con una tradición familiar, por eso fui a tu inmobiliaria, la venta al principio fue una realidad, pero.

—¿Pero? ¿Qué sucedió aquella noche que recibí tu llamado? ¿Qué pasó en esa semana en que no supe de ti?

—Esa semana fue la decisiva, al encontrar en el laboratorio los documentos pensé que tal vez en ellos podía estar la respuesta de mis frustraciones, llamé a Marcos y decidí mantener en suspenso la venta.

Tanto David como ella estaban ansiosos, nerviosos, se movían entre especulaciones mientras afuera el día espléndido les regalaba una postal del río. Él continuó explicando.

—Me encontré con una espantosa realidad que aún no ha muerto, una realidad que me hizo entender muchas cosas, me respondió muchas preguntas —seguía caminando nervioso hasta que se detuvo en seco y dijo— he descubierto que nuestra familia fue uno de los tantos experimentos de la década del veinte, cuando se pensaba que todo podía ser posible, cuando las teorías sobre el espectro fotoeléctrico llevaron a Einstein a recibir el premio Nóbel de física. Las mentes se abrían en abanico sobre teorías inimaginables, teorías sobre la mecánica cuántica, fisiones y fusiones nucleares. Ya conocíamos la "Teoría de la Relatividad Restringida", todo era posible, el mundo tal vez fuera de otra manera, tal vez podríamos hasta manipular el ADN, y descifrar el genoma humano. La burguesía se escandalizaba y poetas, músicos, pintores y científicos vagaban por un submundo de posibilidades aún por descubrir... escupían en la cara de los burgueses y se reían de los sistemas, todo podía ser posible, todo, la guerra había dejado una huella en las mentes, imágenes desgarradoras, inhumanas, devastadas por la incredulidad de los hombres que pensaban y piensan que pueden dominar la naturaleza de las cosas... todo podía ser posible, aún experimentos sin sentido, aún invasiones de otros mundos. En ese caldo de cultivo nació el experimento de la nueva raza, o no sé cómo llamarlo, de nuestra "familia" sería más comprensible... y se me respondieron casi todas las preguntas que he venido teniendo en todos estos años en los cuales estuve fuera de casa.

Se hizo un respetuoso silencio, eso era algo que no estaba en sus planes, ¿fruto de experimentos científicos? Siguió sumando coincidencias con la leyenda que los reconocía como científicos locos.

David siguió hablándole a ella, pero mirando el río que se extendía, impasible.

—En pleno siglo XXI cuando la primera máquina replicante es abatida por las grandes corporaciones y se va en busca de una inteligencia superior, cuando se ha confirmado la teoría cuántica, y se busca desesperadamente la antimateria, la composición de los agujeros negros es el desvelo de muchos científicos, cuando la fisión y fusión dan paso a la energía atómica, la expansión del universo es un hecho, la teoría del big—bang tiene cada vez más adeptos, mientras atan y desatan los tiempos con cuerdas atemporales a la vez que descifran el código genético y se mueven entre criogenia e historias que a nuestros abuelos les hubiera parecido sacados de una novela de ficción... hallarme cara a cara con el resultado de uno de los experimentos que se gestaron en esos tiempos de positivismo científico, hizo que sintiera un cosquilleo por todo el cuerpo, máxime cuando esos experimentos tocan tan de cerca a mi familia.

Frances lo escuchaba sin interrumpirlo, todo eso le parecía tan irreal como el hecho de que estuviera en la mansión del columpio viviendo una historia con el verdadero dueño, un científico y Juancho... él era el único elemento que le decía que realmente estaba viviéndolo y que no era una pesadilla. Juancho era para ella un cable a tierra ¿Qué era eso de experimentos científicos? Se estremeció, respiró hondo y exhaló por la boca como cuando hacía cuando quería salirse de una situación.

Supo por su abuelo la trunca relación que tuviera con Sebastian el padre de David por causa de la famosa sección áurea y las matemáticas que habían marcado gran parte de sus vidas y las divergencias que ambos tenían, la locura de Sebastian y el desequilibrio del viejo, pero esto de los experimentos era algo nuevo y la curiosidad la sumergió en un mundo desconocido, no se atrevió a preguntarle qué tipo de experimentos, sabía que no se lo diría en ese momento. Siguió sumando coincidencias, recordó que su abuelo le había comentado lo de la "nueva raza" que llevara a Sebastian a enloquecer. Recordó que

Juancho le comentara que médicos y científicos lo habían atendido a él y a la hermana por problemas de crecimiento y que su madre era una extraña mujer, pero de ahí a experimentos científicos era algo totalmente inimaginable, podría desembocar en cualquier laberinto desconocido y eso desencadenó en su interior toda clase de suposiciones terroríficas que iban desde el monstruo de la laguna verde, hasta llegar a los experimentos de manipulación genética Hitler—Mengueliana. ¿El anciano sabría la historia de los experimentos?, tal vez... y recordó la frase que le dijera antes de sumergirse en aquél desesperante mutismo "algún día lo entenderás" ...

—¿Cuándo empezamos? —Se oyó preguntando ansiosa, y no se reconoció, reconoció a la otra, a la que le gustaba el riesgo, la osada, la curiosa.

—Mañana mismo si están todos de acuerdo ——dijo— no hay tiempo que perder.

11

Se levantó muy temprano, estaba excitada, un sentimiento contradictorio de bienestar e inquietud la colmaba. En la noche había tenido pesadillas, hacía tiempo que no se levantaba sudorosa y agitada por los trastornos del sueño. Éste fue reiterativo: se incorporaba de la cama y en un segundo ya estaba frente a David quien se miraba al espejo. David tenía dos caras una la veía ella de frente que era la parte de su nuca y si miraba directamente al espejo veía las dos caras distintas, una clara y la otra entre sombras. Trató de sacarse esas imágenes oníricas que le habían quedado en la mente como un gran peso. Se colocó una camisa larga sobre el cuerpo desnudo y se dirigió a la piscina, algunas hojas vagaban sobre la superficie. Quería dejar la mente en blanco, pero instintivamente se presentaba en su visión el rectángulo del plano de la mansión, las dos caras de David, el espejo, la frustrante sensación de estar ante algo desconocido... ni el trino de los pájaros se escuchaba (demasiada tranquilidad) —pensó— al tiempo que sonaba su celular. Eran sus padres, pero no atendió, luego los llamaría, no estaba de humor para dar explicaciones.

Tomó un café bien cargado, sin azúcar, se vistió rápidamente y dirigió sus pasos hacia la oficina, colocó un cartel en la puerta que decía: *"Cerrado por licencia al personal"* dejó un número de contacto para las consultas o cobro de alquileres más urgentes y decidió emprender la nueva misión que se había impuesto, por dos motivos: por decisión de su curiosidad que desde que había conocido la mansión se había convertido en una de sus prioridades a satisfacer y para llevar a cabo la venganza con respecto al robo de ideas que sufriera su abuelo. Estos sentimientos, bueno y malo, simpatía y empatía luchaban en su comportamiento diario, se entrecruzaban y muchas veces tenía que tranquilizar su conciencia, aplacar su ira, ver el lado bueno de la situación para no cometer errores. Inmediatamente tomó la calle desierta que la conducía a la costanera sur, el río seguía su curso impasible como siempre. Se respiraba un aroma de flores, mezclado con el olor característico del agua dulce. Al pasar por el costado de los jardines de las casas, el espectáculo de colores la volvía a sorprender como todas las veces que transitaba por el lugar. Un túnel aromático de azaleas resultaba muy placentero a esa hora de la mañana, los árboles de glicinas se mantenían expectantes como esqueletos colgados a la espera de la resurrección, eucaliptos acompañaron el trayecto final del viaje hasta la casa. Esa zona era la menos visitada, puesto que los pobladores la tenían como descanso de los fines de semana. Era en esos días cuando se sentían voces detrás de los muros de verdes ligustros. *Arenitas blancas* cubría una gran extensión y los eucaliptos eran amos del territorio. Emplazada en medio de ese sombrío silencio se encontraba la mansión del columpio con su amplia terraza que entraba en el río. Al llegar, el portón de hierro estaba abierto para recibirla. El sol había recorrido poco trayecto en el horizonte dibujando engañosas formas sobre el sendero de hojas que se resquebrajaban bajo las ruedas de la camioneta. Detuvo el vehículo, descendió, el columpio estaba inmóvil (los pájaros están descansando) — pensó al recordar el chirrido que le hacía evocar las cadenas al balancearse.

Cruzó el patio semi—circular y estaba por entrar a la casa cuando Marcos abrió la puerta ante ella y tomándola de un brazo la arrastró hacia el mirador. Pasaron a través del atajo que estaba en el costado izquierdo de la casa, que fue por el mismo que habían transitado el primer día con David, la maleza estaba un poco despejada, pero aun así tuvieron que separar algunas ramas. El aire fresco de la mañana le golpeó la cara, trayéndole el olor del río, ese olor tan particular, tan suyo, tan metido en sus sentidos.

Las imágenes del sueño aún le dolían en la cabeza, pero respiró profundo y miró a Marcos. El canto de los pájaros empezó a oírse al principio apagado, luego ensordecedor, era la vida que despertaba, junto al sonido de las hojas de los árboles al ser golpeadas por la brisa. En ese momento se sentía tan lejos de los seres humanos y tan rodeada de la naturaleza que por un instante deseó bajar a la gruta para estar más cerca del río, pero Marcos le aprisionaba el brazo. Se plantó ante ella y la obligó a mirarlo a los ojos.

—¿Tienes idea de lo que hay en este lugar? ¿Tienes idea de lo que he encontrado?

La cara desencajada de Marcos la trajo a la realidad de por qué estaba en ese lugar.

—No, no tengo idea —contestó pasándose la mano por el brazo dolorido—. ¿Qué has encontrado?

Siguió mirando su cara, mientras veía cómo cambiaban las reacciones, como las facciones se fueron haciendo sombrías e incrédulas. Es indudable que lo miró con cara sospechosa porque él le dijo de inmediato.

—¡No... no creo que puedas entenderlo! —le dijo soltándole los brazos, mirando el río y acodándose a la baranda— es algo que no es de este mundo... —continuó como en un soliloquio— ni siquiera la ciencia lo podría explicar... es mejor que te alejes de este lugar —tomándola nuevamente de los hombros.

—¿Dónde encontraste eso que no se puede explicar? —desestimando el pedido de que se alejara de la mansión ahora que todavía estaba a tiempo—. Luego de la conversación que había tenido el día anterior, todo podía ser posible, y la reacción de Marcos fue normal, aunque la tomó por sorpresa tanta insistencia de que se alejara.

—En los papeles que encontré en el sótano... ¿sabes que únicamente se puede entrar al corazón de la gruta por el sótano? Por el río se tiene acceso a una parte de ella, pero el corazón está muy bien protegido, como un gran semicírculo que se va abriendo al exterior hasta encontrarse con las rocas del muelle.

—¿Un semicírculo?

—Sí, que se comunica por el sótano, pero es parte de la gruta, tienes que verlo...

Frances recordó la conversación con su abuelo y pensó que esa era la curva de crecimiento que estaba en proporción con la casa, tenía que ser, y la razón por la que no la había visto era que la gruta y ese pasaje por el sótano no estaban marcados en los planos.

—Quiero verlos —decidida—. David me pidió que cuando se comenzara la apertura de los archivos tenía que estar presente —dijo, para que no le quedaran dudas de que de esta no podía dejarla fuera y emprendiendo la marcha preguntó: —¿Dónde están David y Juancho?, se supone que estarían también.

—Anoche salieron los dos muy tarde, Juancho no regresó, pero David vino caminando hace una hora y está durmiendo —y agregó en tono de broma— si se van de copas o vaya a saber qué andan haciendo como fantasmas en la noche... —le hablaba mientras trataba de alcanzar sus pasos.

En el momento que entraron a la sala por las grandes puertas de vidrio que limitan el patio, la oscuridad la turbó. Entonces pudo ver el vitral en toda su magnitud. Los primeros rayos del sol le hicieron descubrir, desde donde se encontraba, una escena campestre. Un castillo a lo lejos, una escena de caza, perros, un caballero montado, protegiéndose con un escudo y algunos animales rastreros que no pudo descifrar. Se quedó maravillada, no le había prestado la debida atención. Le había parecido un vitral de colores muy bonitos, pero ahora a la distancia sobre el fondo oscuro de la sala esas escenas le hicieron detener su decidida marcha.

—Tendremos que entrar por la escalera que está al fondo de la sala, sobre el muro de vitrales, ven —le dijo Marcos excitado haciéndole señas para que lo siguiera al ver que ella se había quedado estática ante las figuras de los vitrales del fondo de la sala, ven —le volvió a insistir.

—No había visto.... —balbuceó mientras emprendía la marcha hacia el vitral que la absorbió junto con los colores hasta que la escena de campo se esfumó entre sus manos.

—No hay tiempo para eso —le comentó Marcos indicándole la escalera.

El pasaje de la escalera estaba iluminado por los vidrios, pero más adelante la oscuridad era dueña absoluta, Marcos se introdujo y ella detrás, recordó la primera vez que entrara a la mansión siguiendo los pasos de David. Era un lugar muy frío con paredes de piedra, se estremeció, pero no podía de ninguna manera renunciar ahora. Descendieron con cuidado, al haber recorrido unos escalones con un descanso Marcos se detuvo y encendió la luz adosada a la pared. Al enfrentarse a la oscuridad parecía que una gran boca la estaba esperando para devorarla, pero al iluminarse el recinto, todo cambió, la visión de una gran sala donde había estantes, ficheros, mesas con elementos de laboratorio, máquinas que no quiso preguntar la función que cumplían la trajeron a la realidad.

—Aquí lo tienes —dijo con una enorme sonrisa— el paraíso de los científicos —indicándole el camino.

En la roca viva del fondo se podía ver un gran panel de tela pintada que caía desde el techo, pero sin tocar el suelo, se le representó un estandarte de guerra como los que usaban los cruzados católicos en sus matanzas. Al acercarse notó qué era la misma escena que se representaba en el vitral. El escudo con el cual se protegía el caballero se veía ahora con más precisión y se parecía a un escudo familiar. Mirando más detenidamente descubrió una letra R coronada por un anfibio que la abrazaba, sumergida entre ramas verdes de vegetación. Estaba partido en cruz, en la primera se veía la estrella de los pitagóricos, que era la misma que estaba en el gran portón de entrada. En el segundo cuadro se veía una cascada de agua cristalina, un tercer cuadro sobre fondo blanco se destacaba una salamandra verde y en un cuarto cuadro una cuadrícula verde y blanca. Estas figuras eran enormes y Frances se quedó maravillada ante ellas. Como abrazando el escudo se encontraban dos leones, uno con la boca abierta y los ojos abiertos y el otro con la boca y los ojos cerrados. Esta representación le pareció extraña ya que el león durmiente se mantenía tan expectante como el que se encontraba despierto. Recordó el sueño, otra vez se le representaban dos caras, éstas eran idénticas, aunque diferenciadas por una actitud. Una cinta se encontraba debajo del escudo donde los dos leones apoyaban una de sus patas y en la cual había una inscripción que no pudo descifrar, pero se notaba claramente el nombre de Rothauss. Alejó el ángulo de su observación para ver todo el cuadro campestre. El caballero se mantenía erguido con su escudo, mientras el caballo levantaba una de sus patas delanteras. Un castillo emergía de entre unos árboles, casi en una nebulosa y ahora sí pudo ver qué eran esos animales que los perros trataban de alcanzar... en la escena le pareció que los perros no corrían, sino que se mantenían estáticos ante unos enormes anfibios rastreros. Todas estas imágenes le parecieron muy interesantes y escalofriantes a la vez, no sabía leer los escudos, pensó que esa era una asignatura pendiente.

Detrás del estandarte, se les presentó una puerta, seguramente ese sería el corazón del recinto, como le había dicho Marcos. Por las deducciones que hicieron, el lugar donde se encontraban tenía un único acceso a través del sótano. Levantaron el estandarte, abrieron la puerta con la llave que le proporcionara David a Marcos. Encendieron la luz y viejos ficheros de gruesa madera con herrajes adosados a la pared se presentaron ante sus ojos. En ellos se resguardaba una cantidad considerable de papeles escritos, rayados, algunos con manchas que no quiso saber de qué, estaban escritos en alemán por lo que Marcos tuvo que traducirlos. Frances se dirigió a la pared, tocó sus piedras, frías, rugosas, siguió con su mano la curva pronunciada que se extendía sobre la pared del fondo abarcándolo todo, la excitación le oprimía la garganta.

—El vértice de la espiral —se dijo en un susurro mientras pensaba en su abuelo.

Quiso salir, recorrer todo el trayecto hasta el patio semi—circular de la entrada para comprobar su teoría, pero Marcos, la sacó de su razonamiento al extraer unos papeles que estaban encima de un desorden y presentárselos sobre la mesa de metal.

—Ahí tienes —le dijo señalándolos, mientras empezaba a mostrarse nervioso— ahí tienes —repitió mirando para todos lados— esa es la prueba que quería descubrir David. Es horrible, es monstruoso, lo he descifrado y aquí tienes el resultado —le extendió los papeles nuevos y limpios con su trabajo. Frances trató de concentrarse en la lectura. Le fue difícil sumergirse entre aquellos papeles mientras tenía en la cabeza y ante sus ojos el vértice de la espiral, pero hizo un esfuerzo y prosiguió con la lectura del documento.

12

EL EXPERIMENTO

EXPERIMENTO XXIII MUTACION GENÉTICA MADRE EXP. 04561— 23

CAMPANA DE CRISTAL – INICIO 30 DE ENERO DE 1920

Soy el Doctor J. Rothauss, me encuentro en el laboratorio científico de la empresa New—Génesis 2020.

Día 30 de enero — Laboratorio.

Es la hora 01:30 PM, estoy comenzando con la observación en la fase larvaria, de esta especie de salamandra que se ha encontrado en la última de las cuevas en las cuales los geólogos están realizando excavaciones.

La cueva en cuestión donde fue encontrada esta rara especie es muy húmeda y se puede observar numerosas filtraciones de agua subterráneas.

Nota: Quedará en observación en un recipiente de vidrio, bajo una campana de cristal

Día 31 de enero.

Siendo la hora 01:30 PM del segundo día, puedo observar que su masa molecular, sigue estable. Induciré una respuesta añadiendo Yodo al agua de cautiverio. Aún no podemos catalogar la especie dentro de las conocidas. Creemos que se trata de una nueva especie de anfibio, pero aún no podemos catalogarla con certeza.

Nota: se comienza la inducción con Yodo con dosis muy pequeñas.

Día 1º de febrero.

La especie en cautiverio sigue estable, no ha respondido a las aplicaciones de Yodo.

Nota: se prosigue un día más con inducción de Yodo, ahora con una dosis más elevada. Si esto no responde tendremos que utilizar otro método, el organismo tiene vida, porque ha manifestado contracción a la luz, pero en fase larvaria es imposible llevar adelante un experimento de estas características.

***

Frances detuvo la lectura y miró a Marcos con un gesto de interrogación, eso no le decía nada.

—¿Quieres que lea todo el documento?

—Sí, es necesario.

Acercó un banco y se sentó tratando de ponerse cómoda.

—Mientras tú lees prepararé café —le dijo apartándose.

—No me dejarás acá abajo sola me supongo —le recriminó con una mirada de terror.

Desde el principio habían logrado una mutua aceptación, se tutearon al instante de conocerse y su trato siempre había sido amable, aunque estas nuevas experiencias los acercaban de una manera distinta, ahora eran dos cómplices abocados a la tarea de desenmascarar experimentos.

—Estaré en la antesala del laboratorio donde hay una máquina de café, estaré contigo. Grita si algún monstruo sale de esas piedras y trata de atraparte —le dijo con una amplia sonrisa, tratando de disimular su inquietud para no transmitirle a Frances preocupación. Es ese momento se dio cuenta de que estaba atrapado por la sonrisa de esa chica de tez muy blanca que contrastaba con su cabello negro azabache muy lacio y unos hoyuelos en las mejillas que la hacía irresistible a cualquier hombre.

—Bien, contestó, pero que yo te vea —y siguió leyendo.

Día 2 de febrero.

Al cuarto día no ha habido cambios en su estructura a pesar de las dosis que le fueron suministradas en estos días. Ampliaremos el espectro de posibilidades con otros métodos, tenemos la aprobación del Consejo de Científicos del Laboratorio para utilizar todo lo que esté a nuestro alcance para llegar a algún resultado positivo.

Nota: Se prosigue con extracto de tiroides de ratones de laboratorio.

Día 3 de febrero.

Laboratorio 06:00 AM

Mi ayudante me ha sacado de la cama para que viniera a ver la transformación que ha sufrido el espécimen que lo llamaré desde ahora BENNIE. Ha retomado su desarrollo y se puede apreciar un leve desplazamiento. Esto es un logro científico, ya que ha respondido al extracto de tiroides de ratones.

Nota: Seguimos administrando dosis de extracto de tiroides de ratones y monitoreando su respuesta. Esto es un gran avance, el comportamiento a la inducción con este extracto está dentro de las esperadas para las especies de salamandras en cautiverio. Estamos empezando a conocer su comportamiento que encaja dentro del esperado. Sabemos que para llegar a desarrollarse en forma adulta una especie de salamandra necesita este tipo de tratamientos, si responde al extracto de tiroides suministrado al agua de cautiverio eso implicará que en algún momento completará su metamorfosis hasta ser adulta. Como sabemos, algunas especies de este tipo nunca se desarrollan en forma adulta por obra de la naturaleza, hay que inducirlas, de lo contrario quedará su metamorfosis en estado latente sin llegar a lograr ese tan ansiado cambio de piel. Bennie ha respondido en un principio al extracto, eso, repito, hace suponer que es el adecuado para las especies de salamandras, no quiero apresurar mi juicio, estaremos pendientes en la curva de comportamiento del espécimen que atiende a la secuencia de las distintas fases del tratamiento.

8 de febrero.

Llevamos cinco días administrando en cautiverio extracto de tiroides y el impulso se ha limitado a un pequeño cambio en su cola, un desplazamiento lento pero seguro por su hábitat y unas manchas granate tímidamente perceptibles en la parte lateral y superior de su cuerpo. Creo que no llegará nunca a ser una especie adulta... a menos que intentemos con otro tipo de inducción, usando métodos genéticos. Debemos tener mucha precaución, ya que aún no podemos catalogar a Bennie dentro de ninguna de las especies conocidas. Se presume que esto es un retroceso en nuestro estudio científico, porque el proceso se ha detenido.

***

—Aquí tienes tu café —la interrumpió Marcos— le puse dos cucharaditas de azúcar...le dijo dejándole la taza y retirándose a observarla, le atraía demasiado, tendría que tomar medidas al respecto, no podía dejar que su instinto lo delatara.

—Está bien, gracias... pero me gusta sin azúcar —contestó haciendo un tiempo para tomar el café que bebió casi de un sorbo, depositando la taza y continuando con la lectura.

Nota: Tengo que ir a un Congreso por lo que dejaré las instrucciones para que mi ayudante inserte artificialmente un cromosoma artificial, aunque contamos con la dificultad de que con el suministro de estas dosis podría haber interacciones no deseadas entre los genes nuevos y los del organismo. El Consejo de Científicos ha ordenado que sigamos estudiando por lo menos una semana más induciendo para tratar de lograr un desarrollo sostenido del espécimen.

***

Frances veía por el rabillo del ojo cómo Marcos se paseaba inquieto bebiendo su café y por momentos se detenía a observarla en silencio, su mirada por momentos la descontrolaba, la ponía nerviosa.

11 de febrero.

Día 12 de la observación — Laboratorio.

He tenido que regresar en forma precipitada ante una dificultad. Me encuentro en el laboratorio en este momento. Lo que veo a mi alrededor es un verdadero desastre, un caos. Mi ayudante está muerto, su cuello desgarrado por completo, el recinto destrozado, el recipiente que contenía a Bennie en cautiverio incluida la campana de cristal que lo resguardaba, se encuentra en el suelo como si una gran masa los hubiera aplastado. No tengo respuestas que darle al cuerpo científico, ni a la policía que está presente. Bennie no se ve por ningún lado, aparentemente ha escapado. En las notas que encontré de mi ayudante, he descubierto que ha estado experimentando por su cuenta. Ese no era el tratamiento que había recomendado... mi ayudante estuvo aplicando a Bennie durante tres días "cromosomas artificiales con elementos inducibles por radiación. A juzgar por el estado del cuerpo de mi ayudante, Bennie logró desarrollarse en forma adulta como era de esperar.

***

Terminaba la traducción en forma abrupta, eso fue el experimento en cuestión ¿pero que tenía que ver con David? —pensó.

—¡Pero esta es una historia increíble! —dijo en voz alta, sin ver la conexión, lo tomó como uno más de los experimentos que se realizaron en esa época, anteriores a todos los conocidos que se practicaron en el transcurso de la segunda guerra mundial.

—Así es, es una historia increíble. Pero realmente pasó así, sabemos que el doctor J. Rothauss en realidad mintió cuando dijo que no sabía qué había pasado con Bennie. Luego de este suceso se fue del país con un hijo de tres años llamado Sebastian.

—¡El padre de David! —aseveró sospechosa y temió que le dijera que sí.

—Exactamente, su padre —y acotó enseguida— ¿sabes cómo se llamaba la madre de David?

—No, nunca se lo pregunté, pienso que Juancho tampoco lo sabe, creo que nadie en la ciudad se acuerde de su nombre —dijo sin pensar lo que decía, su mente estaba en la conexión entre ese experimento y David, ahora veía lo que le había querido decir ayer; que "su familia había nacido en un experimento", pero no encontraba la pieza que encajara con la supuesta salamandra encontrada en la gruta que fuera objeto de la inducción genética...y...

—Bennie —sintió la voz de Marcos a lo lejos, trayéndola a la realidad.

—¿Bennie? ¿Cómo el nombre del experimento? ¿pero cómo puede ser posible? ya sus manos habían comenzado a transpirar en forma increíble, el corazón le palpitaba, y su respiración se hacía más agitada, quería tratar de entender y siguió preguntando, atando cabos. Ahora era ella la que se paseaba nerviosa mientras él se mantenía recostado a la mesa de metal.

—No…. no es verdad… ¿no? —preguntó, aunque ya suponía la respuesta.

—Sí, es verdad, eso fue lo que traté de decirte hace un momento, eso fue lo que David trató de hacerte entender cuando te comunicó lo del experimento…Frances, tenemos que empezar con la recuperación de los datos, en la sala del laboratorio logré instalar un equipo informático con todo lo necesario.

Pero ella no le contestaba, seguía en la historia, atando cabos, suponiendo, elucubrando situaciones horribles que su mente elaboraba con todos los datos que ella le iba indicando.

—¿Por qué se instaló el Dr. J Rothauss en este lugar? —le preguntó.

—Porque era un lugar muy alejado y las noticias decían en ese entonces que era el mejor para vivir y escaparse de todo peligro, recuerda que Europa era un caldero y esta parte de Sudamérica apenas era conocida. Al llegar, supongo que el Dr. J Rothauss se sintió como en su casa, al principio vivieron en una granja, un lugar poco adecuado, pero luego Sebastian encontró el lugar perfecto y construyó la mansión, protegida por todos lados con pocos accesos y oculta entre los árboles.

Ella conocía esa historia, sabía de la compra del solar, del proyecto de su abuelo que Sebastian se lo arrebatara. Dudó si Marcos estaba enterado de esa parte, pero no era momento de revelar nada ahora, sino de escuchar y tratar de entender.

—Los pobladores no sospecharon nada, puesto que este tipo de construcciones es muy común en esta zona, que al ser de descanso tiene todos los elementos propios para llevar a cabo ese tan ansiado alejamiento del tránsito de la ciudad —acotó siguiendo el hilo de su pensamiento.

—Sí, veo que estás entendiendo —comentó satisfecho de que ella le prestara atención.

—Un momento —cortándole el entusiasmo Y paseándose de un lugar a otro— quiero entender todo esto, espera un momento —dijo tratando de acomodar las piezas que tenía hasta ahora para que ninguna quedara fuera de lugar. El doctor J. Rothauss manipuló por decirlo de alguna manera, un espécimen desconocido que bien pudo haber estado dormido desde tiempos prehistóricos, resguardado en la gruta como en un cofre, o bien pudo venir desde algún punto del espacio y sin saber su origen, su naturaleza ni siquiera su edad o su procedencia —tomó aire— comenzó a tratar de "activarlo" con transferencias genéticas. Miró a Marcos que le asentía con la cabeza y prosiguió. —

Luego, el espécimen llamado Bennie se desarrolló o se transformó o sufrió una metamorfosis y el doctor J. Rothauss desapareció de la faz de la tierra con un hijo llamado Sebastian que casualmente es el padre de David... ahora, dices que la madre se llama igual que el experimento ¿eso quiere decir que se desarrolló como ser humano?... ¿O se desarrolló como animal? Perdona, estoy tratando de entender, si es lo que creo es espantoso —sentenció en tono grave.

—Yo no lo llamaría espantoso, te diría que es un gran avance para la ciencia, no olvides que los científicos creen tener el poder de hacerlo todo sin restricciones en pos de la ciencia, aun experimentando con humanos. Esa teoría de las partículas del espacio no está tan equivocada, diariamente nos bombardean partículas sub—atómicas que no detecta el ojo humano, pero están ahí, llueven sobre nosotros, tal vez esta especie de microorganismo vino junto a esa lluvia cósmica y se depositó en esa gruta durante millones de años.

—Si seguimos con ese razonamiento de la lluvia de partículas, podemos deducir que no es el único ejemplar. Aún no veía la conexión entre Sebastian y su abuelo y la famosa sección áurea.

Miró a Marcos con asombro, pero su rostro reflejaba una calma enfermiza, de pronto le asaltaron dudas, dudas de este hombre que le revelara tan ocultos secretos, dudas de David, de la mansión, todo estaba dando vueltas en su cabeza, las historias de los últimos días de la supuesta venta de la casa, la historia de su abuelo y Sebastian, los experimentos científicos del y las lagartijas del estandarte se le subieron a la cabeza.

—¿Tú... cómo te conectaste con él? —dijo tomando distancia, recordó que David le comentara que, para la apertura y traducción de los documentos hallados en los archivos, había llamado a uno de los científicos que lo atendiera en su "exilio" involuntario, además los hechos se habían precipitado y en ese momento no sabía bien dónde estaba parada.

—Bueno... —comenzó a caminar— en realidad soy enviado del laboratorio New Génesis 2020. Luego de saber que el doctor J. Rothauss se estableció en este lugar, los científicos siempre estuvieron al lado de la familia. Nunca tuve acceso oficial al experimento en cuestión; me hicieron algunas referencias científicas. En realidad lo hemos descubierto en estos días junto con David, quien se mostró tan sorprendido como nosotros nos sentimos ahora, aunque pienso que en sus fueros más íntimos él suponía algo extraño con sus padres. He querido alejarte, no sé qué consecuencias puede acarrear esto. Cuando él anunció en el laboratorio el hallazgo de los documentos y pidió que viniera a su lado, la cúpula de científicos estuvo de acuerdo.

En ese momento, el cosquilleo que se había instalado en su estómago le oprimió la garganta y comenzó a sentir claustrofobia, quería salir a tomar aire, quería alejarse. El hecho de saber que él era un científico contratado por el mismo laboratorio que había realizado el experimento la trastornó, creyó que estaba en el lugar equivocado, sintió que estaba parada en aguas cenagosas y entendió la reacción de Marcos cuando al tomarla del brazo y llevarla hacia la baranda del mirador trató de persuadirla para que se alejara. Disimuló su nerviosismo, tenía que mantenerse alerta y pronta para cualquier desenlace inesperado. En su imaginación se veía atada al cepo con agujas en todo el cuerpo mientras el doctor Achaval transformado en liliputiense y con una nariz ganchuda se regocijaba con sus vísceras expuestas.

—Por eso los médicos que iban y venían —dijo pensativa. Apartando las imágenes grotescas que pugnaban por salir.

—Cuando Sebastian estuvo en edad de unirse a Bennie, la cual ya se había desarrollado como... no sé cómo llamarla... humanoide con un gran apetito sexual, se unieron y nacieron David y Rebeca —continuó sacando conclusiones como si nada hubiera pasado, como la cosa más natural del mundo.

Supo que Marcos no había notado su nerviosismo y trató de serenarse, tenía que llegar al fondo del asunto, aunque por dentro estuviera retorciéndose el terror, instalándose en lo más profundo, gozando.

—¡Híbridos! —gritó y ese grito casi traiciona su estado.

—Exacto —continuó mirándola de una forma especial, esa mirada especial que hacía temblar sus fibras, la miró tratando de descifrar en sus ojos si le estaba creyendo, si ella se había involucrado con la historia, pero no vio nada más que una mirada decidida, aunque un poco temerosa. —Al principio tuvieron problemas de crecimiento, pero los niños luego de un tratamiento siguieron con su vida normal de adulto.

—¿Qué tratamiento? —se atrevió a preguntar, eran ya muchas referencias que tenía de ese problema de los niños. Algo había pasado en la niñez de los pequeños que desencadenó una reacción que no lograba entender aún. Recordó el experimento... —¿Te refieres al tratamiento que comenta el doctor J. Rothauss que aplicaron a Bennie para lograr movilizar la especie de salamandra...?

—Según los estudios científicos que he encontrado –continuó sin prestarle atención— realizados desde New Génesis 2020 los niños tuvieron que ser inducidos como su madre, con genes adicionales para lograr el crecimiento, pero... algo falló.

— ¿Qué? –y la traicionó el tono de voz porque ese ¿qué? le salió como un pedido de auxilio, a la vez que calculaba cuanto le llevaría correr hacia la escalera, cruzar la sala, salir al patio, encender la camioneta y...

—La niña se volvió adicta, a un líquido tiroideo humano y si no lo tenía, hacía cualquier cosa que estuviera a su alcance para lograrlo. —siguió Marcos enceguecido con la historia mientras su tono se hacía cada vez más alto y desesperado.

— ¿Cualquier cosa? –preguntó a la vez que tanteaba las llaves de la camioneta en el bolsillo del pantalón.

—Sí, cualquier cosa, según cuentan los documentos guardados en el laboratorio. Sebastian no podía con Rebeca, su madre trataba de complacerla con distintos especímenes animales, pero cuando llegó a matar para complacer el apetito de su hija fue cuando empezaron a complicarse las relaciones entre Sebastian y Bennie. Un día Sebastian las llevó a dar la acostumbrada recorrida en el yate de la familia por el río y las mató, haciendo zozobrar la embarcación y quitándose la vida luego. La determinación de este macabro suceso está bien documentada en unos escritos que dejara Sebastian pidiendo perdón por lo que había decidido hacer con sus vidas ¿Quieres leerlos?

—No creo que sea necesario.

—Terminó para la familia Rothauss una larga tradición familiar llevada a escondidas por los miembros de la familia y los científicos que los asistieron durante muchos años.

—La historia del yate que me contó Juancho –comentó un poco más calmada puesto que era la primera conexión con la realidad que tenía desde que había comenzado con la lectura de los documentos.

—No fue accidente —dijo acercándose a ella. Quería acariciarle el cabello, beber su perfume, sentir el olor del miedo que recorría el cuerpo de la muchacha mientras le revelaba una historia escalofriante...

— ¿Y David? Quiero decir ¿no tiene los mismos síntomas que su hermana? se supone que también heredaría la parte anfibia de su madre... —se sorprendió preguntando eso, ya que la historia a pesar de resultarle totalmente increíble, merecía darle el derecho de la duda y supo que se había involucrado. Marcos lo notó y su mirada cambió casi al instante, ya había pasado la línea de lo irracional y se encontraba jugando en el mismo terreno que todos ellos, se preguntó si Juancho también lo sabría, se contestó que sí, porque le había dicho que todas las diferencias ya no existían entre ellos. Supo que le iba a resultar muy difícil salirse de la historia, supo que se había transformado en cómplice de algo tan irracional como descabellado, supo que si lo contaba nadie le creería y que a partir de ese momento tendría que jugar no sólo en el mismo terreno que ellos sino con sus mismas armas que para ella eran tan comunes, las armas de la imaginación elevadas a potencias inexplicables, que eran las que comúnmente utilizaba. Todo cambió, el miedo estaba aplacándose, respiraba mejor y continuó escuchándolo sintiéndose una esclava sumisa de la historia.

—Él siempre fue más reservado, y cuando ocurrió el supuesto accidente, trató de llegar a ellos desesperado y se lesionó al caerse por la escalerilla del mirador...

—Y fue trasladado de urgencia hacia el exterior —prosiguió jactándose de conocer parte de la historia.

—Sí, fue trasladado al laboratorio de New Génesis 2020, en donde estuvo confinado, siendo "contenido" por los científicos.

— ¿Contenido?

—Esa contención la indujeron los medicamentos que le fueron aplicados durante estos años, mientras estudiaban sus reacciones, como una rata de laboratorio.

— ¿Quieres decir que Rebeca se desarrolló antes que su hermano? y por ese motivo él no tenía aún los síntomas cuando ocurrió el accidente.

—Así fue en realidad, cuando comenzó a tener los mismos síntomas que su hermana, él se encontraba ya en el laboratorio y pudieron "controlarlo". David nunca supo nada hasta ahora. Llegó a la casa después de muchos años a venderla y se encontró con todo ese secreto oculto entre las paredes de piedra. Desciframos el experimento en forma simultánea.

— ¿Cómo lo dejaron libre después de tantos años? ¿Se supone que no representa un peligro para nosotros los humanos? –dijo recalcando irónicamente la última palabra

—Treinta y un años afirmó Marcos, treinta y un años en que el cuerpo científico del laboratorio sabía que existían archivos que podían caer en manos inadecuadas, podían salir a luz todos los experimentos que se realizaron en esa época, pero no sabían dónde podían estar, ya que no encontraron nada en la minuciosa inspección que realizaron de la mansión.

—Un señuelo –dijo en voz alta— fue el señuelo.

—En parte sí, regresó a la mansión con autorización de venderla y volver a la vida del laboratorio, pero al encontrar estos viejos documentos donde reflejaban la realidad de su existencia y ver los fantasmas de sus padres y hermana, se reveló a su destino, abandonó todos los medicamentos y desde ese momento se transformó en un espécimen de laboratorio que hay que controlar, un espécimen cuyo comportamiento es totalmente desconocido.

—¿Te enviaron a matarlo? –volvió a sorprenderse, pero ya estaba totalmente metida en la historia y era tan cómplice como él del macabro experimento. De ahora en más, sabía que todo podía ser posible.

—No, me enviaron a rescatar los archivos relacionados con el experimento, pero las cosas se complicaron, no contábamos con que David dejara de tomar los medicamentos; eso está fuera de los planes trazados en principio.

—¿Qué puede suceder?

—No sabemos, pero si es lo que pienso, todos nosotros estamos verdaderamente en peligro.

—¡No puede ser verdad! —gritó levantándose de un salto—. ¡Esto es una historia espeluznante! No puedo creer esto, —trataba inútilmente de convencerse a sí misma, pero sabía que no era una pesadilla, sabía que realmente estaba pasándole. Y supo que esta era la historia que su abuelo le dijera "algún día lo entenderás", aun así, seguía sin justificar a Sebastian el robo de ideas, aunque ya se estaban atando algunos cabos que aclaraban la acción de Sebastian contra su abuelo.

Oyeron que David los llamaba desde arriba. Marcos le hizo un gesto de silencio, a la vez que le pasaba un brazo por el hombro y la acompañaba a traspasar la puerta hacia el laboratorio. Era la primera vez que estaba tan cerca de su cuerpo, ese abrazo protector la hizo sentir segura y por un momento deseó apoyar la cabeza en su hombro, gesto que rechazó al instante atendiendo al sentido común que controlaba todas sus acciones.

Al mirar desde afuera nuevamente el estandarte se le aclararon algunos puntos y se dio cuenta de que en realidad ese escudo, sí era un estandarte inquisidor, inquisidor de una raza, de una cruzada hacia una nueva civilización. Pensó cómo podrían subsistir ambas sin fagocitarse y eso la estremeció aún más y tomó la mano de Marcos aferrándola fuertemente. Mientras caminaban hacia la salida, pensó que se había equivocado con respecto a "la otra realidad" que pensara el día anterior cuando David le contara las locuras de su madre. Todos los pensamientos que tuvo entonces no fueron acertados, esto era otra cosa, era una realidad manipulada desde el principio. Programada desde la gestación del experimento. Era más atroz que las otras realidades eventuales y azarosas que tanto la atraían, no era azar, era premeditación.

Aferró aún más fuerte la mano de Marcos y pensó si no estaría tomando la mano de un ente monstruoso, sin escrúpulos y demente. Se vio a sí misma como un torpe y ciego gusano que trataba desesperadamente de salir a la superficie de una tierra negra que le succionaba el cuerpo.

Apagaron la luz y comenzaron a ascender, al apoyarse en la pared de piedra, sus manos no resistieron tocarlas, palparlas, acariciarlas sintiéndolas frías, llenas de musgo, sus dedos rozaron la superficie gelatinosa, la humedad se instaló en su cuerpo. Se puso por un instante en la mente de Bennie, y la vio feliz, satisfecha con sus crías y no pudo dejar de ver la delgada línea que une al hombre con el animal. Pensó en Rebeca la hermana ansiosa por desarrollarse y le vinieron a la mente las palabras de David cuando le dijo *"es una espantosa tradición que aún no ha muerto"* y un escalofrío recorrió su cuerpo. Sintió los genes animales ancestrales arrastrarse por esas piedras. La historia que le contara Marcos ya no cabía duda de que era real. Siguió con las deducciones y pensó que, si era enviado a rescatar todos los archivos del experimento, incluido tal vez el propio David ¿por qué motivo le había contado la historia? ¿Tendría que deshacerse de ella?, ahora el estómago la traicionó en una convulsión de asco, de sospecha, de pánico y deseó volver al mundo real, a su mundo humano.

13

No pudo mirar a David, un sentimiento de culpa se apoderó de ella, era como escarbar en las entrañas de sus difuntos, era como sacar a la luz esa espantosa realidad, que lo estaba consumiendo. Los ojos de David escudriñaron su alma, supuso que se había enterado, de que ella sabía algo más de su vida, porque los dos mantuvieron la mirada por un instante y luego la desviaron al unísono, no queriendo ver ninguno de los dos la dolorosa realidad.

Al retirarse de la mansión, muchas eran las preguntas que pugnaban por salir, muchas dudas. Se dirigió a la casa del abuelo, era un poco tarde, pero tenía que ir, debía hacerlo, él sabía la historia sin duda y tal vez pudiera ayudarla a salir adelante. Salió de la mansión y tomó la ruta, dejó que la memoria "cotidiana" realizara el acto de conducir mientras su conciencia trataba de buscar el equilibrio justo entre realidad y fantasía, verdad y mentira.

— ¿Mito o Leyenda? –se preguntó en voz alta— y pensó que esta historia tenía parte de los dos, parte del sentido religioso sin llegar a lo ritual y parte de una leyenda familiar. Se preguntó quién habría mandado a construir el vitral y el estandarte y se dijo que sin duda J. Rothauss habría sido un hombre atado a las visiones casi enfermizas que lo rodeaban.

Debió ser difícil para él experimentar con su propio hijo, se preguntó cómo había convencido a Sebastian para que se uniera a Bennie... ¿ella conservaría algunos rasgos animales o no? Que era una mujer con un desmedido apetito sexual ya lo sabía por las declaraciones de Marcos, atractivo que había heredado Rebeca. Trató de imaginárselos en un ritual amoroso, pero no pudo. Se preguntó entonces si en lugar de contacto carnal, hubiera sido una manipulación de laboratorio y eso la estremeció aún más que las supuestas imágenes de hombres y salamandras haciendo el amor.

Las bocinas de los coches la trajeron a la realidad y retomó la conducción al ver el semáforo en verde.

Al llamar a la puerta de la casa del abuelo, la mucama la atendió abriéndole el portón, al pasar cerca de las flores éstas cobraron poca importancia, tal vez por la oscuridad, por las sombras, por la noche que no dejaba verlas en todo su esplendor.

—Está en el sótano –le dijo la mucama— con sus muñequitos...

— ¿Cómo está?

—Bien, pero no lo distraiga mucho porque tiene que cenar y descansar –y agregó— usted siempre lo deja muy excitado...

—Descuide, será cosa de una media hora más o menos.

Al penetrar en el sótano, el ambiente se sentía enrarecido, tal vez por los amuletos del abuelo, que se encontraban sin un orden alguno en las partes más insólitas del recinto, tal vez por la carga que ella misma traía en los hombros que era otra muy distinta de la que se había retirado la última vez, con la cabeza llena de matemáticas... esta vez la historia era distinta...

—Hola abuelo —le dijo abrazándolo.

—Hola hija —le contestó— pero ese "hija" sonó a nieta y no a hija realmente y agregó —¿qué te trae por acá?

Eso estaba bien —pensó—, el abuelo estaba de humor, ya se le había pasado el mutismo con que lo había dejado en la anterior visita.

Esta vez fue él quien empezó la charla, el que encaró el tema y reconoció al antiguo compinche de juegos y estudios.

—¿Has descubierto la relación? —le dijo sin mirarla.

—No, aún no, pero he descubierto el experimento.

—Entonces... ya lo sabes todo —le seguía hablando mientras lustraba uno de los muñecos de madera.

—No todo.

— ¿Qué más necesitas saber?

—Por qué Sebastian te robó la idea junto con el solar, por qué...

—Porque se le había instalado en la cabeza mi idea de la nueva raza, de "su" nueva raza y ese era el lugar perfecto para desarrollarla, entre piedras, vitrales y proporciones matemáticas —tomó aire— porque el efecto multiplicador a través de la espiral sería perfecto, hasta que la realidad fue otra.

—La otra realidad, la manipulada —aseveró casi en un susurro.

—Sí, la otra realidad ¿Qué sabes de la hermana de David?

—Todo o creo saberlo todo, he leídos los documentos de J. Rothauss y Sebastian donde está todo lo que pasó con el nefasto experimento.

—Entonces sabrás que su hija se volvió adicta, enferma y no podía vivir sin la dosis. Ese fue el momento que vino a verme, después de años de no hablarnos. Trajo consigo los documentos del experimento de J. Rothauss, buscaba una solución que no pude darle.

—¿Entonces sabes todo lo relacionado al experimento?

—Sí.

—¿Lo perdonaste?

—No.

—¿Lo justificaste?

—En parte sí, tal vez yo en su lugar hubiera hecho lo mismo. Pensé que todo eso estaba enterrado en el pasado, pero ahora estoy yo en una continua espiral entre el pasado y el presente.

—¿Aún sigues con la idea de comprar la mansión?

—No

—¿No?

—No, renuncié a ese lugar cuando Sebastian... ¿Qué sentido tiene? —mirándola— no me pertenece, nunca me perteneció, además, tendría que tirar todo abajo para volver a construir una nueva casa con una nueva historia y eso ya no me corresponde a mí.

—¿Hablas de las muertes en el río?

—Sí, me supuse que iría a pasar eso, estaba desesperado cuando vino a verme y enceguecido, era de esperar que terminara de esa manera.

Frances al ver que su abuelo se estaba sumergiendo en el mutismo tan característico que ella detestaba, trató de traerlo nuevamente a la realidad.

—¿Por qué nunca me contaste la historia?, sabes que me gustan las historias y las de misterios son mis preferidas.

—Al principio creí que todo era un invento de Sebastian para justificarse ante mí por la compra del solar.

—¿Cuándo te diste cuenta que era verdad?

No le contestó y recordó el día que lo encontraran desquiciado caminando sin rumbo, tal vez ese día que él mantenía oculto en la memoria era la clave de la verdad.

—¿No crees que la historia del experimento sea cierta? —le dijo a Frances, saliendo de sus recuerdos vacíos en ese punto.

—No sé qué pensar, hasta el momento todos los datos que me has aportado tú y Juancho son probables pero estos archivos que me ha revelado Marcos, no sé, no tengo cómo comprobar la veracidad de la historia.

—¿Juancho?

—Si el Cocinero, aunque me gusta decirle Chef, suena más importante

—Eran amigos... al igual que tus padres... ¿Quién es Marcos?

—Es un científico que acompaña a David en el tratamiento y también está muy preocupado.

—¿Cuántos años tiene y que es de su estado civil?

—¡Abuelo!

—Está bien, está bien, quiero lo mejor para ti y me parece que un compañero es lo que necesitas.

Ella también pensaba lo mismo, por el momento no quería sacar ninguna conclusión, era muy pronto, había sentido el acercamiento de Marcos en ese abrazo protector, pero...

—¿Qué me dices de David? —dijo Frances cambiando el tema de la conversación.

—¿Qué hay con él?

—Dejó de tomar los medicamentos que supuestamente lo controlaban.

—¿Controlaban?

—Sí, David no sabía nada de la herencia que le había dejado su madre, se enteró al descubrir los documentos.

—¿Cómo es eso posible?

—Parece que cuando sucedieron los hechos del yate, David aún no tenía los síntomas ya que su hermana se había desarrollado antes que él y cuando comenzó a tener los síntomas esperados se encontró en el laboratorio, contenido y medicado.

—¿Dices los mismos síntomas de adicción?

—Así parece.

—¿Cuándo dices que abandonó la terapia?

—En estos últimos días... desde que regresó a la mansión y encontró los archivos de su madre y descubrió la verdad "familiar".

—Eso es peligroso, si es lo que pienso, David será el mismo animal hambriento en el que se había transformado Rebeca. Sebastian me contó que cuando se manifestaron las señales, ya no se pudo revertir el proceso... tienes que retirarte de ese lugar, hazlo por mí si no lo haces por ti, retírate antes de que pase una tragedia.

Nada va a pasarme abuelo —le dijo abrazándolo por los hombros— nada, estoy muy bien protegida por Juancho y Marcos.

—No te fíes de nadie Pequeña, de nadie —le dijo enseñándole un monigote con grandes manos y muslos que según él representaba la fertilidad.

—¡Hora de cenar! —gritó la mucama desde arriba.

—Abuelo... Sebastian no va a vender la mansión —le dijo Frances como al descuido cuando ya traspasaban la puerta hacia el comedor. El anciano sonrió apretando los labios y moviendo la cabeza. No supo si esa sonrisa era de alegría o de temor.

Celebró que estuviera tan lúcido. Hubiera deseado preguntarle qué le había pasado aquella vez que fuera a la mansión y que lo encontraran deambulando por la costanera, hubiera querido preguntarle qué era lo que había visto para trastornarlo de esa manera, hubiera querido decirle que trataría de conseguir la mansión para él, que sería capaz de cualquier cosa por vengar la desidia que le había hecho Sebastian, pero no creyó que fuera conveniente por el momento. Al retirarse, colocó las manos en los bolsillos del abrigo buscando las llaves de la camioneta y encontró el monigote de prominentes nalgas en uno de ellos, al cual su abuelo lo había acondicionado como un llavero, lo colgó del espejo sobre el panel desde donde lo iluminaba el tablero del velocímetro con una mortecina luz azulada.

De camino a su casa, se seguía preguntando, seguía con sus conjeturas.

Una duda la carcomía. Si había dejado de tomar los medicamentos, eso podía significar que estaba volviendo a la fase animal; por lo tanto, tendría que alimentarse.

¿Cómo? —pensó— y recordó el experimento y el cuello destrozado del ayudante del doctor J. Rothauss, las cabras, los perros, el asesinato de la muchacha del puente que sacudiera a la sociedad, le vinieron a la mente como en un remolino, eso hizo que pusiera sus instintos a trabajar al máximo, comenzó a atar cabos y recordó que la noche de la muerte de la chica lo había visto tocando el violín en la estación de autobuses. En su imaginación, vio a David desgarrando el cuello de la infortunada muchacha, vio cómo la atraía con la música, vio cómo la acompañaba satisfecho y pudo sentir el excitado fluir de la sangre animal.

Por supuesto eran sólo sospechas, pero la aguja de la duda se había instalado ya en sus entrañas. Otra vez tenía pensamientos contradictorios, el anciano ya no quería la mansión que ella se había propuesto conseguir para vengar el engaño.

Ese día en que Marcos le enseñara la parte secreta de la vida de la familia Rothauss pensó que había sido el más revelador de todos, había descubierto parte de la verdad, pero no sabía que eso no era todo, que el momento más revelador no se le daría nunca.

$$14$$

La tensión en el grupo se notaba, había largos silencios ocupando las horas, especulaciones de la conciencia que no los dejaba manifestarse, no confiaban entre ellos mismos, eso hizo que el cuerpo de Frances adoleciera de diversas contracturas, le dolía la cabeza, los brazos le pesaban, las articulaciones casi no le respondían. Fueron en realidad unos días en los cuales la tensión se podía cortar con una uña. Confiaba en Marcos porque la había hecho partícipe de los documentos y se notaba que quería protegerla, pero en Juancho... tendría que hablar con él, no podía dejar pasar un día más, los hechos ahora eran diferentes, tenía que saber qué posición tenía él al respecto.

Los días siguieron su transcurso y nada nuevo pasaba, solo especulaciones y dudas, seguía sin poder hablar con Juancho, David los había absorbido por completo. Marcos se ocupaba de la trascripción de las fórmulas que estaban en chino antiguo para ella. Reinaba una nerviosa calma, como la que se vive antes de una tormenta.

Ese viernes, se retiró a su casa ya entrada la tarde, nunca se había animado a dormir en la mansión, después de todas esas historias de hombres—lagartijas que colmaron parte de los días. Pasó a levantar la correspondencia por la inmobiliaria, se detuvo por una media hora para poner todo en orden ya que el lunes próximo tendría que volver a abrir el negocio, luego de dos semanas de experiencias extra que nunca hubiera imaginado. Él les pagaba por el trabajo que estaban realizando los tres en sus distintos ámbitos y eso hizo que no se atrasaran y pudieran seguir, en su caso, luego de dos semanas de inactividad.

Tenía una sensación extraña en el estómago que le recorría el cuerpo como un débil látigo y que iba en aumento hacia la cabeza, se resistía a creer lo que le contara Marcos, pero las pruebas estaban allí y ella lo sabía casi todo. No podía contárselo a nadie más que a su abuelo, puesto que nadie le creería, tal vez por eso la habían hecho partícipe, porque la tomarían por desquiciada, aumentando las historias de la mansión del columpio para beneplácito de los pobladores, siempre ávidos de historias nuevas con que alimentar el paso de las horas. Pensó que la realidad estaba tomando otros matices.

Al llegar a la casa tenía una cantidad de llamadas telefónicas que no había registrado por falta de tiempo. Sus padres desesperados le gritaban desde alguna parte de Europa que les contestara los llamados telefónicos y les enviara algún correo electrónico para saber cómo andaba el negocio y qué había pasado con la famosa venta. Todos los días cuando llegaba de la mansión a altas horas de la noche, no revisaba las llamadas en el contestador por cansancio, por no querer salir del círculo de lagartijas, porque no querer hablar con nadie. Pero era viernes y el lunes comenzaba nuevamente la actividad en "Monte Real" así que, al escuchar las llamadas, se encontró con casi todos sus amigos con invitaciones muy variadas y rutinarias como las que habían marcado su vida hasta que conoció la historia que la tenía absorbida por completo. Toda esa actividad social ahora le parecía lejana y frívola comparada con lo que estaba viviendo. Pensó por momentos en todo lo que ellos se estaban perdiendo, este acontecimiento era sin duda el más importante del año en materia de novedades, pero, decidió no decir nada a nadie, aunque se moría por contarles todo, por llevarlos a la mansión. Sus padres eran los menos indicados para enterarse del experimento, se preocupaban por todo y si lo hubieran sabido, hubieran emprendido una escalada por el río hasta llegar de alguna manera a descubrirlo todo, y sí, —se dijo en voz alta— a alguien tengo que salir testaruda y osada, a mis padres, los expedicionarios.

Reinaba una visceral calma ese viernes y eso fue agradable dentro de la diversidad de situaciones que había estado viviendo. Descansó como nunca, cenó junto a la piscina y trató de no pensar en nada que hiciera referencia a la mansión. Tampoco tuvo pesadillas. El sábado se puso en contacto con sus padres, les envió un correo para tranquilizarlos, todo estaba bien, nada nuevo, no había motivo de preocupación y los instó para que siguieran con el recorrido. Les trazó una ruta alternativa para visitar dentro del territorio donde se encontraban, no podía permitir que regresaran ahora, aún no. Se puso en contacto con sus amigos, estuvo de acuerdo en salir a un boliche junto al río, se reunirían bajo las estrellas, bailarían y compartirían un sábado más de los tantos que habían compartido.

Necesariamente tuvo que pasar por la peluquería, el cabello al no prestarle la debida atención no era el mismo de siempre. En la peluquería se enteró de los últimos chismes sociales. Todas comentaban acerca del violinista que se paraba en la esquina de la terminal de buses, y supo que era él. Algunas dijeron que habían pasado por el lugar, otras no les interesaba y unas cuantas se sumaron comentando que lo habían ido a ver por curiosidad y para saber que era ese tema del violinista del que todos hablaban.

—¿Está todos los días? —preguntó a las mujeres con un tono como si no le importara mucho la respuesta.

—Al principio era algún día, ahora está los miércoles y los sábados a las 21 hs. —le contestó la mujer que sabía más y le siguió preguntando.

—¿No sabes quién es?

—Apareció un día. Yo lo miro a través de la celosía de mi ventana, toca unas cuantas melodías, recoge algunas monedas y se pierde por la calle de adoquines hacia la costanera sur. Dicen que es extranjero —acotó en tono de duda.

—Tal vez algún trotamundos —dijo al pasar restándole importancia.

—No lo creo —contestó la mujer de la celosía— porque siempre va acompañado con alguna persona que entabla una conversación con él, parece que les paga a los mendigos que merodean la zona de la terminal para que lo acompañen... —y agregó— pero tienes que preguntarle a Juancho, el del restaurante que está en la costanera, parece que se hizo muy amigo de él, porque algunas noches lo viene a buscar y lo lleva en el auto, de seguro que él sabe toda la historia —y agregó— es raro que no se sepa aún.

Sí, —pensó—, es raro que no sepan que David es el dueño de la casa del columpio, que en realidad es un experimento, es raro que no puedan ver que es un hombre—lagartija, esperando cumplir su ansiada metamorfosis, es raro que se les haya escapado el chisme, es raro que... pero se había prometido a sí misma no pensar en él por el fin de semana, algo que le estaba resultando increíblemente difícil.

En la tarde la llamó Marcos por teléfono, quería que lo acompañara a revisar algunos documentos nuevos, le dijo que no, que saldría con unos amigos, que irían a tomar algo y a bailar. Ella le propuso que dejara todo como estaba y que saliera un rato con ellos. Para su asombro, Marcos aceptó. Esta cita que tendría con él fuera de la mansión la excitaba, se preguntaba cómo se comportarían ambos cuando se encontraran fuera de los sitios comunes y ya conocidos que frecuentaban. El trato que mantenían era estrictamente profesional, pero esto era otra cosa. Tal vez Marcos siguiera con sus insinuaciones a la distancia, tan habituales a las que Frances ya se había acostumbrado o tal vez descubriera a un Marcos distinto. Apostó por eso, apostó descubrir al hombre que se escondía detrás de esos ojos castaños. Cuando pasó a buscarlo por la mansión, al principio dudó si en realidad estaba decidido a salir o si había sido una trampa para hacerla ir y convencerla de que se quedara con él. Se equivocó, estaba esperándola con un conjunto sport de color azul y una camisa clara que resaltaba sus facciones, pensó que había sido ciega al no haberle prestado demasiada atención hasta ese momento. Sentía una atracción hacia él, y estaba segura que el mismo sentimiento albergaba el doctor Marcos Achaval. Un suave perfume lo delataba. Nunca le gustaron los hombres perfumados, pensaba que era la misma situación que cuando las mujeres se adornan y quieren ser agradables y él estaba perfumado y pronto para ser devorado. Descubrió un Marcos distinto, el mismo que ella se había propuesto revelar, cariñoso y protector. Tuvo que presentarlo como un viejo amigo, que había conocido en sus tiempos de estudiante y quién se había recibido de abogado.

Esa noche sus cuerpos se acercaron, el contacto entre sus manos fue mutuo, su piel respiraba bajo labios susurrantes. Eran un hombre y una mujer que acababan de conocerse y la química corrió entre sus dedos, ansiosa. Los amigos de Frances estaban encantados, lo acosaron a preguntas y rieron con sus anécdotas, sintió una voz dentro de sí que le decía ¡cuidado! Te estás dejando llevar por la noche, mañana las cosas van a estar nuevamente en su lugar. Cuando lo dejó en la mansión, sus labios se encontraron en un beso furtivo, como aferrándose a una nada. Se mantuvieron abrazados en silencio.

Desde ese día el trato diario fue distinto, empezaron a compartir otras cosas que no fueran documentos, empezaron a ver que tenían muchas cosas en común, pero en la mansión, eran dos personas trabajando meritoriamente. Trataban de no mezclar sentimientos hasta que un día de mucho trabajo, Marcos se sacó los anteojos y restregándose los ojos le sugirió que salieran al patio, la tarde caía sobre el río como un manto rojizo con tonos anaranjados y azules.

Frances le acercó un café, se lo preparó bien cargado como le gustaba y sus manos se encontraron tibias, rodeando la taza. Marcos no soportó más, ella era como un perfume muy suave que llenaba sus pulmones, pero a la vez lo dejaba sin respiración. Por un momento pensó en la casa, en el lugar que debía ocupar cada uno de ellos y mientras pensaba se embriagaba con la visión de la muchacha que se le acercaba cada vez más y lo iba atrapado en una red de la que no quería salir. Sus labios, el cabello, la piel tan suave, tan joven. El patio se llenaba de hojas doradas. La taza de café se hizo añicos sobre las piedras desiguales del patio. Sus caricias fueron agresivas al principio, las miradas se encontraron en un castaño distinto, fueron besos desesperados. En la imaginación sentían que eran dos ajusticiados que esperaban el filo del patíbulo, el patio era la antesala de la muerte, se habían otorgado el último deseo antes de morir e hicieron el amor sobre la mesa de mármol del patio.

David desde su habitación observaba el festín que ambos estaban compartiendo, ella se parecía tanto a Helen, su madre, que la visión de ese hombre sobre ese cuerpo lo llenó de un sentimiento de dolor a la vez que no podía desviar la vista de esos seres que desconectados totalmente de la realidad vivían su propia realidad. Ese cuerpo tan joven insinuándose a la vida con pezones erguidos que se ofrecían para recibir en una danza milenaria de hormonas estaban trastornando la conciencia...instinto de supervivencia animal —se dijo para sí—, tratando de sacarlo de contexto. Caminó por la habitación ensordecido por las voces de su conciencia hasta que se convenció que en el momento que el hombre esparce sus semillas sobre la tierra fértil es puro instinto. Volvió a apostarse en el lugar de observación y dijo en voz alta:

—En este momento el hombre no tiene memoria, no es amor, no es hombre y mujer no son Marcos y Frances, son instintos sin edad, hora y lugar. Es el canto de una especie que trata de sobrevivir en un mundo, en un planeta, en un sistema de vectores animales y humanos. Microscópica sustancia que pugna por la conquista del espacio. Se tranquilizó, aunque pensó que se encontraba en el lugar equivocado, que tal vez la decisión de quedarse en la mansión no era tan acertada después de todo. Sentía que ese no era su lugar, los pensamientos se le entrecruzaban y se dejó resbalar por el costado de la cama hasta quedar sentado sobre la alfombra con la cabeza entre las rodillas. Recordó el día que viera a Helen y a Frances al mismo tiempo, ese día que fuera a la inmobiliaria lo había marcado desde entonces. Luego, el recorrido con Frances por la mansión. Recordó cuando al regresar del supermercado en un taxi que lo aproximó hasta el camino que llevaba hacia el portón tuvo que hacer funcionar el generador que alimentaba toda la parte del laboratorio. Había visto en las inmediaciones a un vecino curioso que logró ayudarlo a pesar de sus manos torpes y curtidas por el trabajo de jardinero, y al que lo había contratado para que arreglara y limpiara un poco la mansión. Volvió a vivir el momento que se quedara solo con el silencio de los objetos, tocando y descubriendo todo. Cómo había llegado hasta el estandarte colgado en la pared y recordó que su madre tenía un pasaje secreto entre las rocas hacia el corazón de la gruta y que muy pocas veces lo habían visitado con su hermana mientras acompañaban a Bennie con las pinturas. Volvió a vivir la sorpresa que se llevó cuando descubrió los archivos de los experimentos del abuelo J. Rothauss, los cuales habían sido los que transmitieran toda la maldita "Tradición familiar". Fue cuando entendió muchas acciones de sus padres con respecto a las amistades. Cuando leyó la nota que le dejara Sebastian pidiendo perdón por lo que estaba por hacer a bordo del velero, perdón por todo, un perdón que demoró muchos años en llegar, muchos años sin saber la verdad. Por ese motivo había decidido dejar de tomar los inhibidores de la voluntad y quedarse en la mansión para tratar de descifrar las notas de su madre. Recordó cómo había vagado como un fantasma por entre los rostros que habitaban en la pared y embriagado por el vodka se había dejado llevar por los recuerdos adolescentes. Dieciocho años... volvió a sentir la música, los gritos de su hermana en el río, la loca carrera escaleras abajo y la caída... luego la oscuridad y los años perdidos entre recuerdos inventados de laboratorio. Y ahora se encontraba nuevamente en su casa luego de muchos años y sentía que no le pertenecía, sentía que esos dos seres que hacían el amor sobre el mármol eran dos extraños, eran usurpadores de un tiempo que él quería recuperar. No reconocía sus pensamientos, por momentos violentos e impulsivos desatándose en una tempestad de resentimientos y esperanzas mezclados con una incipiente voracidad que le carcomían las entrañas, le oprimían el pecho y querían salir en un grito. Tendría que hablar con Marcos al respecto, algo estaba pasando con su metabolismo, desde que había renunciado a las píldoras la ansiedad era cada vez más notoria.

Frances sentía que ese mármol frío, rojo sangre con vetas negras, se le había metido en la carne y pudo palpar su textura, pudo confundirse con los elementos terracotas de la naturaleza y volvió a sentirse animal como la vez que acariciara las piedras húmedas del sótano.

Fueron inseparables desde entonces. El sentimiento que afloraba en ella era afecto, apego, química con una enorme dosis erótica que no conocía que podía llegar a desarrollarse entre sus cuerpos, pero estaba ahí presente y tenía urgencias que debía prestarle atención. No importó la diferencia de edad, la relación fue madura desde el principio.

Veían muy poco a David y a Juancho, ya que el trabajo era realmente absorbente, y se tomaban largas licencias entre lectura y trascripción de un experimento y otro, entre tanto, paseaban, y le enseñaba la ciudad, algo que Marcos disfrutaba realmente. Un día tomaban un paseo en lancha por el río y pasaron junto a la mansión. Desde donde se encontraban, parecía una construcción fantasma, apenas se veía la baranda del mirador entre los árboles de la costa ya que la exuberante vegetación la envolvía como en un capullo. Vegetación siempre verde. A lo lejos se divisaban los grandes álamos teñidos de amarillo, con hojas a punto de caer en cascada hacia el patio. Marcos estaba distante, algo lo preocupaba, algo que no le confiaba se estaba gestando y eso la ponía realmente de muy mal humor. Sus silencios eran para ella una señal desconocida, tenían una buena relación de trabajo y entre los cuerpos había un continuo fluir de hormonas, pero esos silencios, esos silencios...

—Te siento distante —le dijo Frances tomándole la mano.

—¿Tu dirías que detrás de todos esos árboles que se yerguen sobre la costa hay encerrado un gran secreto? —le preguntó entrelazando sus dedos con los de ella.

—No, nadie puede asegurarlo. Es más: yo crecí con el fantasma de esa mansión, sin saber nada de los propietarios... —recordó la historia de su abuelo, pero calló.

—Qué extrañas vueltas nos hace dar del destino. Me sorprende el hecho de encontrarme con este hombre tan conocido en otro tiempo y lugar, fuera del laboratorio New Génesis y vivir otra vida, otras experiencias y sin embargo seguir siendo los mismos.

—David ya nunca más será el mismo —dijo Frances afirmativamente.

—Tienes razón, él nunca volverá a ser el mismo que conocí en el encierro del laboratorio.

—Estoy bien contigo —dijo ella recostando la cabeza en el hombro de Marcos que la abrazó al instante.

—Yo también.

—No hables —le dijo tocándole los labios con los suyos.

Ella sabía que Marcos estaba en la ciudad en forma provisoria, tal vez por algunos días más y él aún no estaba seguro de cuál sería su destino, todo dependía del resultado de lo que estaban esperando concluir con éxito. Los dos callaron mientras sus miradas se perdían en el fondo del río, en las nubes, en las caras risueñas de los niños que por primera vez realizaban un paseo en lancha, en el nerviosismo de sus padres. Fueron dos silencios compartidos que se anudaron en la garganta.

Frances volvió a trabajar en la inmobiliaria como estaba planeado. A sus padres mágicamente los había convencido para que tomaran una excursión a otro destino y se encontraban tan entusiasmados como cuando conocieron México, por ahora estaban lejos y tendría que seguir así por unos días más. Las responsabilidades pasaron a ser una monotonía; en la mañana se quedaba en la inmobiliaria y salía a visitar algunas propiedades y realizaba los consabidos trámites ante los organismos públicos y en la tarde se dedicaba a la mansión y los secretos. Marcos algunas veces dormía en su casa, el primer día que se había quedado había sido una fiesta para los sentidos, se habían olvidado de todo comportamiento lógico y fueron dos fantasmas en la noche bajo un cielo de estrellas, esa vez había sido el césped, el agua y los árboles los elementos que los contuvieron. Pero últimamente estaba algo nervioso, lo notó tenso, las caricias eran mecánicas. Cada encuentro era un acumulador de dudas, los momentos más deseables estaban quedando atrás. Ella no sabía a qué se debía el frío que lo alejaba cada vez más de su cuerpo. Sus ojos estaban esquivos, los mismos ojos que al desatarse sobre ella habían sido un fuego que le quemara la piel.

Cierto día en que habían regresado de una de las excursiones por la ciudad, estaban tendidos en la cama, los cuerpos desnudos, él mirando el techo y Frances recostada sobre su pecho.

—¿Pasa algo? —le preguntó tomándole la cara entre las manos, acariciándole el cabello lacio que se metió entre los dedos, escapándose.

—Discúlpame —contestó él, levantándose y dirigiéndose a la cocina por agua mineral, —es que el experimento está llegando a la última fase y por ese motivo estoy algo tenso, discúlpame.

Se metió nuevamente en la cama e hizo todo el esfuerzo por complacer el cuerpo ávido de Frances, pero no fue lo mismo, no era el mismo Marcos aquel que ella descubriera sobre el mármol rojo del patio, teniendo como fondo un impresionante atardecer, ni sobre el césped húmedo al costado de la piscina bajo las estrellas, algo más estaba pasando.

Frances se levantó en silencio y se metió en la ducha sin decir palabra, cuando salió él ya se había retirado, pensó que era el principio del fin de su corta relación.

16

Marcos le había contado que David había regresado realmente con la intención de vender, pero al encontrar el lugar secreto donde su madre guardaba todos esos documentos, se reveló al destino, y dejó de tomar los medicamentos. No sabía que al hacerlo el proceso se revertiría y comenzaría a luchar la parte animal para sobrevivir y desarrollarse de una vez por todas a una especie de salamandra adulta. Eso la hizo temblar, y aunque a su lado se sentía segura, comenzó a notar las miradas de David, un tanto huidizas, pero preocupado por su integridad física. Le pedía a Juancho que cocinara siempre algo nutritivo y algunas veces les llevaba la cena al laboratorio, en su conciencia más profunda esas atenciones despertaron en ella los más oscuros pensamientos. Se veía haciendo el amor entre los archivos con una salamandra con cara humana y una cola muy sensual. En esos momentos en que él se le insinuaba, trataba de no pensar en nada fuera de lo común, su imaginación era desesperantemente productiva en esos casos. Lo más extraño era que Marcos parecía no notarlo, creyó realmente que eran ideas de su desarrollada capacidad para la fantasía y no comentó nada. Pero decididamente David coqueteaba con ella.

Estaba todo en orden, aunque en su fuero íntimo no dejaba de elucubrar situaciones sangrientas. Notó también en Juancho un cambio en el comportamiento, la alegría se había borrado de su cara, la sonrisa era una mueca amarga, pero la cocina seguía igual, los mismos sabores y la misma predisposición; aunque había algo que le decía que las cosas no estaban del todo bien como ellos querían hacerle creer. Tenía pocas oportunidades de acercarse a Juancho, por lo que decidió encontrarse con él fuera de la mansión. Debió haberlo hecho mucho antes, pero la pasión que le había despertado

Marcos fue la culpable de que se olvidara de Juancho. Ahora que las cosas estaban tomando un cauce normal era el momento ideal para hablar.

Lo siguió una noche cuando se marchó a su casa ya que él tampoco se quedaba a dormir por temor o porque tenía un lugar donde lo esperaba la soledad igual que a ella. Juancho era viudo y sus hijos se habían marchado al extranjero como la mayoría de los jóvenes de la ciudad. Algunos regresaban, pero ellos no habían vuelto y la verdadera pasión era el restaurante de comida rápida de la costanera, aunque ahora, esta situación del pasado que lo había atrapado lo mantenía en un ir y venir al igual que a ella. Al acercarse a la casa, detuvo el coche, miró en todas direcciones y entró presuroso, como escondiéndose. Ella esperó a que encendiera las luces y tocó a la puerta en el instante que él colgaba el teléfono.

—¡Frances! —le dijo al abrir la puerta— que sorpresa. ¿Pasa algo?

—No pasa nada, tranquilízate, quiero hablar contigo —la hizo entrar a la casa y se sentaron un momento, lo notó nervioso —hace días que quiero hablar contigo, pero no he tenido oportunidad, David nos ha atrapado por completo.

—Las cosas no son tan sencillas como pensé —dijo en tono sombrío.

—No entiendo que quieres decir —pensé que las diferencias entre ustedes estaban zanjadas, que todo se había arreglado, que aquel "casi amigos" que me comentaste cuando él apareció ahora se había solucionado de una manera adulta, pero...

—No quiero involucrarte en esto —dijo levantándose.

—Ya estoy involucrada, no sé cómo fui enredándome, estoy involucrada con la mansión, estoy involucrada con el famoso experimento —dijo casi gritando y siguiendo sus pasos.

— ¿Cómo lo sabes? ¿Quién...?

—Marcos —respondió— me contó la historia del experimento, me contó lo del accidente del yate que tú me habías hecho referencia, me contó de la madre, de la hermana, del padre, de todo... obvió comentarle que su abuelo también sabía la historia, no era necesario.

—David... no es lo que parece ser, es un ser insaciable, es un animal grotesco que...

—No tienes que hacer nada que no quieras hacer, la amistad de ustedes no es tan poderosa como piensas, es muy reciente, a pesar de que se conocen desde chicos.

— ¡Cómo pudo contarte todo! —gritó.

—Espero que sea todo —dijo en tono de sospecha.

—Frani, él me necesita, y yo... hacía mucho tiempo que nadie necesitaba de mi —agregó casi al borde de las lágrimas y supo que se desmoronaría.

—Me tienes a mí.

—Es distinto, él me ha pedido ayuda —ahora temblaba en espasmos— ¡no quiero involucrarte! ¡Vete por favor! ¡Eres como mi hija!

—Sé cómo se comportan en estos últimos días, sé que las cosas están tomando otro rumbo, pero no sé cuál, sé que pasa algo con ustedes tres, porque también a Marcos lo he notado nervioso... ¿no confían en mí? ¿Es eso?

—Si no confiáramos en ti no te hubiéramos incluido. ¡Me ha pedido que mate a un indigente! —se lo gritó en la cara, mesándose los cabellos— necesita el famoso suero tiroideo o no sé cómo se llama para seguir con el proceso, ¡es un animal Frances, un animal!

—¿Qué piensas hacer? —balbuceó dejándose caer en un sillón. La historia comenzaba otra vez, los temores, la famosa calma antes de la tempestad estaba siendo acorralada por los hechos. —Tiene que alimentarse al igual que su hermana— pensó en voz alta —ya comenzó a tener los síntomas, tiene que matar para continuar el proceso de evolución —dijo sacando conclusiones en el aire, sin tener detalles, únicamente los que sabía hasta el momento. ¿Qué piensas hacer? —repitió.

—Ayudarlo.

— ¿A matar?

—A que logre desarrollarse como quiere, tal vez tenga la paz que necesita, su alma está inquieta, se encuentra atrapado entre dos realidades, su conciencia se divide en dos seres antagónicos dentro de un mismo cuerpo.

—Eres mi amigo, y como mi padre, pero en esto no cuentes conmigo. —Sentenció en tono grave como para que no quedaran dudas de la posición que ocuparían de ahora en más.

—Lo sé, por eso no quería implicarte, pero tenía eso en mi garganta que no me dejaba respirar, no se lo cuentes a Marcos.

— ¿Crees que no lo sabe? —preguntó— y la desconfianza en él hizo que le diera un vuelco el corazón. El hecho de pensar que estaba manteniendo relaciones con un hombre del que conocía una parte, le preocupó, decidió que tenía que rever su posición ante Marcos. Hacía unos días que casi no hablaban, se mantenían expectantes a las reacciones de David.

—Creo que sí —contestó Juancho— creo que Marcos sabe, pero este tema no se discute en rueda de amigos, este tema es demasiado importante como para ventilarlo, creo que lo sabe, creo que sabe más de lo que nosotros imaginamos. Perdóname, sé cómo es la relación que tienen ustedes, es muy linda, pero creo que sabe toda la verdad y más.

—No te preocupes, tú tienes ahora que tranquilizarte y no dar un paso del que puedas arrepentirte luego.

— ¡Mira quién lo dice! —contestó abrazándola paternalmente.

—¡Haz lo que yo digo, pero no lo que yo hago! —sonrió y se retiró dejando a un Juancho abatido.

Quedó realmente preocupada con el asunto que lo mantenía en vilo, en parte porque no pudo darle una solución, no pudo ayudarlo, es más, le había dicho que no contara con ella. Eso le pareció una traición. Estaba segura que ayudaría a David a conseguir la dosis, estaba segura que esa amistad incondicional que había sufrido cambios tan profundos en ellos se coronara por una respuesta fiel de Juancho. Él necesitaba que David lo hiciera sentir hermano, dejando de lado aquel "casi amigos" con que habían crecido y David lo necesitaba como confidente. Se complementaban, se necesitaban, estaban unidos por aquellas lagartijas que cazaban cuando eran niños, por aquellos momentos de travesuras, por la tragedia. Estaba segura que esa amistad le costaría mucho a Juancho y conociéndolo supo que estaba dispuesto a sacrificarse antes que perderla.

17

Lo dejó en una nebulosa de desconfianza y horror, le pesaba la conciencia. Por primera vez pensó que tal vez también ella estuviera en peligro. Se retiró y deseó que la historia que le había contado no fuera verdad, aunque suponía lo peor porque ya Marcos le había anunciado que se acercaba la fase final del experimento.

Esa desconfianza hacia él le tocó en lo más profundo, esa duda había empezado a germinar casi sin darse cuenta, se había ido sumando a las insatisfacciones, a los silencios, a las tensiones. Eso no estaba bien, no podía dormir con un hombre al cual no le tenía total confianza. Pensó nuevamente que atendería a esa situación lo más pronto posible.

Pasó dos días ocupándose de los negocios, se habían acumulado en una tarde todas las urgencias que no habían aparecido en días y necesitó dedicarle tiempo. Si sus padres se enteraban que no estaba atendiendo bien la Inmobiliaria, no les hubiera parecido "normal" y hubieran regresado a través de una puerta interestelar. Desconectó el teléfono, en parte porque no quería hablar con ellos, habrían notado su preocupación y eso sería catastrófico y en parte porque no quería saber qué había pasado con Juancho, ni siquiera quería hablar con Marcos. Sentía en la sangre la voluntad exagerada de las hormonas las cuales la ponían con una fuerza impresionante. Supo aprovechar ese impulso involuntario y en esos dos días se puso al tanto con papeles atrasados.

**

Mientras tanto en la mansión, Marcos conversaba con David un tema no tan ajeno a las desconfianzas de Juancho y Frances. Habían terminado de cenar, Juancho se había retirado y se encontraban en la sala, tomando un café, cuando David preguntó.

— ¿Marcos? ¿Cómo está tu relación con Frances?

—Buena, yo diría muy buena, no desconfía de nada.

—Mejor así, ya estamos cerca del día de la metamorfosis, necesitamos una toma más del extracto, luego... —David suspiró acomodándose en el sillón.

— ¿Luego qué? —interrogó— ¿luego qué? —repitió, dejando la taza de café sobre la mesita del living donde había en desorden pequeños portarretratos y uno de Rebeca que le llamó poderosamente la atención. La niña sonreía mientras una profunda mirada oscura lo envolvió y llegó a recorrerle el cuerpo en un escalofrío. Se cambió de sillón sigilosamente, como para no despertar a las fuerzas perversas del retrato.

—Seré libre de la condición animal que tanto mutiló a mi familia, seré libre de una vez y para siempre de la maldición familiar de mi madre.

—¿Por qué dejaste de tomar los medicamentos?

La pregunta le cayó como plomo y cambió la cara en un instante. Conocía a Marcos desde hacía algunos años, desde que comenzó a ocuparse de suministrarle los inhibidores en el encierro que había sido el laboratorio en todo ese tiempo. Él había sido confidente en muchas oportunidades, le tenía confianza, debía tenerle confianza, era el único que podía ayudarlo en este proceso hacia la libertad. Le habían mentido a Frances, diciéndole que Marcos solo era un auxiliar más. Además, al estar pendiente de ella tenía la información necesaria que necesitaban para completar con éxito la otra parte del experimento.

—Dejé de tomar los medicamentos porque ellos me bloqueaban la memoria, me retenían el instante de la metamorfosis, atrapaban mi instinto, no dejaban que me desarrollara, mantenían al animal en estado vegetativo, y al hombre en suspenso, no tenía identidad, no podía decidir por mí mismo lo que quería ser; tú lo sabes muy bien, sabes cómo he pasado todos estos años debatiéndome entre el hombre y la duda, sabes que he tenido apetitos insatisfechos, sabes que no he podido vivir en paz. Ha llegado el momento de la liberación, ha llegado el momento de ser hombre y desechar al animal, el animal que encontré al escarbar en las entrañas más profundas y sacar la verdad. Pude entender muchas cosas, pude sacar conclusiones con la verdad en la mano y pude al fin decidir entre uno y otro.

—Todos en cierta forma somos animales, aún conservamos en nuestros genes el instinto y para nosotros no es motivo de preocupación.

—De eso no me hables, yo percibo en mi interior una lucha desenfrenada entre dos potencias, no sé si todos los seres humanos sienten lo mismo, no soy humano ni animal, y siento que el equilibrio de esas fuerzas dentro de mí está por quebrarse, debo decidir, ha llegado por fin la última parte del proceso de mi evolución.

—¿Cuándo decidiste dejar de tomar los bloqueadores? ¿Cuándo cambió la visión sumisa que te caracterizaba y por lo que te dejaron venir a la mansión?

—Cuando vine a la mansión fue realmente cuando todo cambió en mí, encontré los documentos de mi madre, me enteré de la tragedia que había desencadenado mi padre para salvarlas y salvarse y supe por qué mi existencia estaba signada por un destino desconocido hasta entonces, pero no menos horroroso —dudando— cuando conocí a Frances y pensé que ser humano al fin de cuentas no era tan malo.

— ¿Qué sientes por ella? —preguntó Marcos mordiendo las palabras.

—Conozco a sus padres desde niño al igual que a Juancho, el abuelo de Frances es un hombre perseverante, por lo que pude ver en los documentos y en el diario que mi padre llevaba, tuvieron un altercado por la mansión; pero, Sebastian Rothauss sabía que debía proteger el horrible legado familiar de mi madre por lo que siempre desechó la idea de venderla. Frances es como una hija. Tiene el mismo cabello azabache lacio y la misma tez clara de Helen, su madre, a ella le gustaban los desafíos, tanto que se quedó con el muchacho más interesante y popular de aquellos tiempos. La amé en silencio —lo dijo como en secreto, como si fuera una revelación, como un confeso que espera una penitencia—. Los veía correr en aquel coche color mostaza por la costanera desde el mirador. Cuando me compraron el mismo auto a mí, pedí que fuera descapotable, de color rojo, no sé por qué lo hice, tal vez para tratar de conquistarla, lo cierto es que yo no era popular, era el extraño muchacho de la casa del mirador que tocaba el violín y a quien sus padres no dejaban que tuviera amigos —se quedó por un momento pensativo y siguió diciendo— por lo que sé a través de Frances, ellos siguen juntos, viajando y siendo felices, pienso ahora, qué destino cruel hubiera tenido ella a mi lado. Frances es como si Helen estuviera junto a mí hurgando, experimentando, curioseando, enredando sus cabellos negros entre mis recuerdos, y esos hoyuelos que se le forman al sonreír, son iguales a los de su madre. Sé que es difícil de entender, pero déjame vivir lo que siempre he querido, aunque sea en mis fantasías, luego de la metamorfosis, desapareceré, los dejaré, ustedes tienen derecho a vivir su amor, yo soy una sombra del pasado atrapada en un deseo, que nunca llegó a cumplirse.

Le cambió el semblante y se dirigió hacia la ventana desde donde se divisaba la baranda y el río. El patio comenzaba a cubrirse de hojas.

—Cuándo surgió la idea de la reproducción asistida —prosiguió ahora caminando hacia él— como una continuidad del experimento, me negué al principio, luego, ellos decidieron por mí al enviarte a ti... ¿la quieres Marcos? O es una misión que debes cumplir —preguntó cómo suplicando que no le mintiera.

— ¿Por qué ella? —le preguntó Marcos— ¿por qué ella? —repitió.

—Es una simple casualidad, yo no sabía que Helen tenía una hija, nunca lo supe, pero cuando la vi creí que era el vivo retrato de su madre. Luego viniste con la otra fase de experimento y ella era la adecuada, no solo en edad, sino lo que representa para mí su presencia. Tiene que ser ella. —y volvió a repetirle— ¿la quieres?

—No sabes lo difícil que me está resultando continuar con la otra fase del experimento, no sabes lo difícil que se me está haciendo con Frances, es desconfiada, astuta y una mujer adorable. Trataré de no hacerle daño, pero es inevitable a esta altura, tiene sentimientos puros, claros y los míos si bien obedecen a un trabajo como lo llamas tú, son débiles con una mujer como ella. No sabes lo arduo que me está resultando todo. Soy hombre, y sensible a las mujeres, mi sentimiento por Frances tengo que tratar de controlarlo, de no comprometerme mucho, pero tengo temor de que pueda desconfiar algo, por el momento está todo bien, tengo la plena seguridad de que confía ciegamente en mí.

—Sí, sin duda es adorable, pero no tiene que enterarse de nada, tampoco Juancho debe enterarse, él es mi sombra, el lado oscuro que trato de ocultar, Juancho es como mi prolongación, pero no debe saber nada. Adora a Frances y si sospechara la mínima agresión hacia ella no sé realmente como respondería... —se quedó pensativo por un momento—. Sabía cómo respondería, sabía que era capaz de enfrentarlo si la tocaba, ella era un espíritu inquieto que discurría entre la vida de los tres... pero nada le pasaría, estaba seguro de eso... — ¡ánimo! —dijo David palmeándole la espalda— ¡ya queda poco tiempo!

—Mañana según mis cálculos está en su mayor fase de ovulación afirmó Marcos sacando cuentas en el aire y es cuando llevaremos a cabo la extracción de la célula madre ¿estás preparado para lo que pueda suceder?

—¿Preparado?, Yo diría excitado, nunca me he sentido mejor —y en un gesto cómplice se dirigió a Marcos— tendremos que hacer todo con suma sincronización, nada puede fallar, nada —ordenó con firmeza.

—Nunca llegó a completarse la metamorfosis con tu madre y tu hermana, el laboratorio siempre estuvo al borde del precipicio con este tema, si no obtenemos los resultados que perseguimos, si no puedes completar tu transformación, si lo que resulta de todo esto es algo que no quieres ya no puedes volver atrás, eso... ¿lo sabes no? ...sabes muy bien que este es un camino sin retorno... he visto lo que ha pasado con otros experimentos; además los científicos están esperando el resultado de éste para seguir adelante con otros especímenes que han mantenido inactivos en suspensión y...

—¿Qué puede pasar? —cortándole la especulación en voz alta— todo está bajo control, es de esperar que, si sigo con el procedimiento adecuado, la tradición familiar termine en éste último intento por ser humano de una vez. Nada malo puede pasar, está todo bien de veras, tranquilízate, tranquilízate.

—No estoy tan seguro —afirmó— no sé cómo puedes estar tan seguro de que todo va a salir bien.

—Es una intuición.

—¿O un deseo? —preguntó.

—¡Marcos! —gritó desesperado, ya fuera de sí— quiero ser lo que deba ser, no soy humano, pero tampoco animal. Mi deseo por beber sangre y descuartizar cadáveres estaba bloqueado por los medicamentos, pero también estaba bloqueado por los medicamentos mi deseo de poseer a una mujer, de tener hijos y una familia, de ser hombre... ¡seré lo que deba ser, aunque me cueste la vida! —agregó pensativo, más calmado ya— de todas maneras tendré mi descendencia con una mujer humana, la célula madre de Frances podrá generar tantos óvulos como sean necesarios para seguir con los estudios, no tendremos que volver a ella, se auto—generan. Qué triste legado le dejo a mi descendencia, que fatal destino el suyo, llevar en los hombros una tradición ancestral, horrible.

—¿Cómo te sientes? Ahora que hace unos días que no tomas los medicamentos, debes de tener reacciones, no sé, me imagino —dijo y la pregunta quedó flotando en el aire sin contestar, no era necesario, su rostro lo decía todo, un nerviosismo lo delataba, al caminar de un lado para otro, al sentirse como animal encerrado, queriendo liberar al hombre y al animal que convivían en su cuerpo.

David sabía que había saciado la inquietud con la primera muchacha que matara en el puente, sabía que la dolorosa afección al mirar la claridad había sido superada por esa primera dosis, luego de la cual había dejado de usar aquellos anteojos. Sabía que todo estaba mejor porque al enfrentarse a aquellos perros, éstos lo atacaron, por primera vez los animales no le temían y luego de unos días de pruebas extenuantes en las cuales había intentado torpemente de desgarrarles el cuello y succionar la sangre, sin resultado, tuvo que matarlos porque los estaban buscando con tanto ahínco que era necesario deshacerse de ellos, o toda esa gente arruinaría sus planes. Esa fue la segunda señal y se sintió feliz al saber que su "humanidad" estaba dando grandes saltos. Ahora se estaban facilitando las coordenadas para que siguiera con el proceso de humanización y tenía la plena seguridad de que esta última etapa sería la definitiva, una dosis más, solo una más.

Ambos desviaron la atención al llegar Juancho, era muy tarde y Marcos supo que debía retirarse, supo que el regreso de Juancho era necesario esa noche, porque esa noche conseguirían el suero.

Se retiró a descansar con un gusto amargo en la boca. Pensando que él no se iría más de la mansión, que si el experimento resultaba mal, enviarían a otro de los tantos proyectos que tenían aún en suspenso, esos que estaban ocultos esperando ver la luz, sin duda él era un hombre sentenciado a quedarse para siempre ocupando el lugar del científico confiable, lo consoló el hecho de tener a Frances a su lado.

18

Para Juancho y David, la noche recién comenzaba. Subieron al coche sin mediar palabra y salieron rumbo a la esquina de la estación de autobuses, esa noche era muy especial. La luna menguante hacía que las sombras ocultaran sus figuras. Los indigentes se acurrucaban en el piso frío de la estación, algunos tomaban un trago, otros conversaban con las negras sombras que reflejaban su maltrecha humanidad. No era ese el lugar adecuado para conseguir una víctima, había mucha luz y el fluir de gente a esa hora era dinámico, los pasajeros se chocaban entre sí ante el anuncio de la salida y llegada de los coches. Decidieron dar una vuelta por las calles casi desiertas, no encontraban lo que querían y David estaba empezando a impacientarse, le exigía que cambiara continuamente de rumbo, que zigzagueara por las calles interiores de los parques, de las plazas, hasta que al doblar en una esquina se llevaron la gran sorpresa, dos mujeres ofreciendo sus servicios a los automovilistas. No se hablaron, Juancho detuvo el coche y las dos mujeres luego de convenir la tarifa, subieron. Ambos siguieron en silencio, a pesar del parloteo de las mujeres, los dos hombres estaban pensando en cómo solucionar el problema, necesitaban una dosis, no dos Eso era un problema ¿o no? Se interrogaron sin hablar, con gestos. Juancho decidió que llevarlas al parque, antes que al lugar que las mujeres les indicaron, sería lo más conveniente, puesto que, si les sugerían ir a la mansión primero, podían resistirse. A esas horas en una casa supuestamente embrujada, nadie que estuviera en su sano juicio aceptaría ir. Al pasar por el parque alegaron que necesitaban detenerse para fumar un cigarrillo. Las mujeres no desconfiaron nada, pero los estaban apurando, no podían detenerse mucho con los clientes, esas eran las reglas del juego. Al ver que los hombres seguían con su charla mientras ellas perdían tiempo, descendieron del auto, decididas a encararlos o abandonarlos a su suerte. En ese momento, Juancho sin detenerse a pensar si estaba bien o mal, siguiendo un impulso de sus manos, extrajo de la gaveta una enorme llave inglesa. En tanto David entretenía a una de las mujeres besándole el cuello y los senos, tratando de retenerla, acto que pudo llevar a cabo con un autocontrol sobrehumano, porque ya quería desgarrarle el oloroso cuello, quería devorarla. Mientras David se debatía entre las sombras, Juancho, le asestó un fuerte golpe en la cabeza a la mujer que se había quedado a su lado, a la cual se le había caído parte del contenido de su bolso y estaba en cuclillas tratando de reunir las pertenencias. Ella nunca supo que fue lo que la golpeó. No había tiempo que perder, la arrastró dejando el surco de los tacones. Seguía sin pensar en nada, la colocó en el asiento trasero sentada con la cabeza apoyada en el respaldo y fue por la otra, que estaba siendo víctima de las caricias amenazadoras de su acompañante. El golpe fue igual, seco y sin dudar, seguía sin atreverse a pensar en lo que estaba haciendo. La colocaron en el asiento trasero en la misma posición de su acompañante y las trasladaron a la mansión. El deseo de sangre se acrecentaba a cada minuto. Ese contacto con la carne caliente de la mujer lo había dejado sediento y respiraba con dificultad, la ansiedad lo estaba dominando. Subió al coche y le temblaban las piernas, intentó encender un cigarrillo, pero estos se le cayeron al piso, maldijo sus manos, nerviosas y torpes. Juancho también estaba nervioso, no atinaba a meter la llave en el encendido. Apoyó la cabeza sobre el volante y contó mentalmente. Uno, dos, tres. Respiró y con suma paciencia metió la llave y dio vuelta, el motor sonó como un grito en la noche, ambos hombres como sombras se debatían entre los pensamientos. El parque continuaba solitario, Juancho emprendió la marcha despacio, seguía sin juzgarse, no quería pensar, ya lo peor estaba hecho, se había convertido en asesino, no le importó, como tampoco le importó que sus ojos en el espejo del coche le devolvieran una mirada vacía, sin vida. David apoyó la cabeza en el asiento y cerró los ojos, pensó que de ahora en más debía ser muy cuidadoso con él, ya que nada sabía de la otra parte del experimento, nada sabía del seguimiento que le estaban haciendo a Frances. Si llegaba a enterarse, tal vez las cosas se complicarían. Ansioso pero expectante, con una esperanza en el pecho, siguió con la cabeza recostada en el respaldo jadeando, respirando con dificultad... había empezado el principio del fin.

Al traspasar el gran portón de hierro negro y conducir el coche por el sendero hacia el patio circular, ninguno de los dos tuvo la intención de bajarse a cerrar el portón, había que seguir adelante, y el sendero se le representó a David como un lugar desconocido. Veía figuras entre las sombras, bocas sedientas, lamentos de seres híbridos que reptaban entre los árboles, la mente le estaba empezando a jugar una mala pasada, no coordinaba los pensamientos y deseó que todo acabara pronto. Al llegar a la casa, le faltó un segundo para no desgarrar el cuello y succionar el líquido caliente de las infortunadas mujeres que estaban aún con vida. Las cargaron hasta el laboratorio. Marcos los estaba esperando preocupado porque tardaban demasiado, además no sabía con qué se encontraría, al ver que eran dos cuerpos y por ende una dosis doble, quedó un tanto indeciso, no estaba seguro si eso estaba bien, si de alguna manera no repercutiría en el resultado de la metamorfosis, se necesitaba una dosis, no dos, pero no había tiempo que perder, colocaron a las mujeres sobre la mesada de metal e inmediatamente Marcos introdujo una jeringa en la base del cuello de ambas, extrajo los líquidos y los procesó en una sola toma sumamente poderosa. Ese extracto concentrado de tiroides sería guardado por unas horas hasta terminar con el proceso. Juancho y Marcos cargaron con los cuerpos de las mujeres ya sin vida hacia el interior de la gruta, oculta tras el gran estandarte de tela pintada.

Mañana verían que harían con ellos, por el momento estaban seguros, nadie los encontraría en el recinto oculto.

Había sido una noche aterradora y ya estaba llegando al final. Juancho pensó que luego de esto David se convertiría en lo que debía ser desde un principio: humano y se iría de la ciudad, comenzaría una nueva vida en Europa o en algún otro lugar y todo volvería a ser como antes, él regresaría al restaurante de la costanera, Frances lo iría a visitar en las noches y Marcos. ¿él? Bueno posiblemente se quedaría con ella y tuvieran una larga vida juntos... se le enredaban los pensamientos, lo cierto era que no podía creer lo que había hecho. Su mente inactiva durante los acontecimientos que desencadenaron en tragedia y muerte, estaba tomando conciencia, comenzó a lavarse las manos continuamente y no se reconoció cuando se vio en el espejo del baño. No pudo regresar a la casa esa noche. Decidió que no regresaría hasta que pasara todo, hasta que la última fase del experimento fuera cumplida, debía permanecer al lado de David hasta las últimas consecuencias. Para Juancho esa noche fue una de las más largas, la luz no se hacía presente nunca, parecía que nunca fuera a salir el sol. En la madrugada llegó un camión con elementos de laboratorio, una camioneta y operarios que tomaron la casa en un segundo. El movimiento fue impresionante en las primeras horas y cuando amaneció la mansión se veía como una gran fábrica de elaboración de ¿humanos? ¿salamandras? o ¿de una nueva raza?... Juancho, David y Marcos no habían dormido en toda la noche, el cansancio a esa hora resultaba insoportable.

19

Cuando Marcos se comunicó con Frances desde la casa en la mañana, no solo la tomó por sorpresa, sino que la contrarió su llamado tan temprano. Ese día era vivido por todos de una manera distinta, para Juancho significaría volver a su vida anterior, en cuanto para David era el día esperado en que sacrificaría una de las potencias que lo dominaban, para Marcos era el día menos deseado porque tendría que entregar a Frances como ofrenda a la ciencia, para ella era el día en que hablaría de una vez por todas de su relación, estaba segura que terminaría con el doctor Achaval, ya no había dudas al respecto... Había pasado una mala noche, las declaraciones y los secretos que Juancho le revelara, aún daban vueltas en su cabeza, no pudo dormir, tuvo pesadillas casi todo el tiempo y su cuerpo se encontraba atento a los cambios hormonales. En esos días para ella era muy difícil estar serena, puesto que era el momento del verdadero celo de la hembra, y tenía que mantener una calma ficticia que no tenía.

Esa mañana no fue a la inmobiliaria, luego de la llamada de Marcos se levantó, desayunó y se metió en la ducha, el llamado desde la casa era misterioso a esa hora tan temprana y pensó que tal vez el motivo fuera muy importante como para que él fuera a buscarla. Le comentó que desde el laboratorio New Génesis habían recibido el apoyo que estaban esperando para concluir con el experimento y quería que ella estuviera presente. Se asombró al verlo llegar en una camioneta blanca, con inscripciones en la puerta que reconoció como las del laboratorio New Génesis 2020, pero se dijo que ese sería un recurso necesario que habían enviado desde Europa. Casi no hablaron en todo el recorrido. Sus silencios esta vez fueron cómplices, por primera vez se comunicaban entre sí a través de ellos, estos se habían vuelto tan habituales últimamente que no llamaron la atención a ninguno de los dos. Marcos pensaba que estaba todo bien, pero Frances pensaba en terminar con la relación en cuanto quedara libre y ya no la necesitaran más.

Se dirigieron a la mansión, en el aire se respiraba el olor salvaje de la naturaleza. La "Santa Rita" en los jardines de las casas que se encontraban al lado de la costanera se desmayaba de flores rojas y violetas. Al enfrentarse al portón negro el cual se encontraba siempre abierto últimamente, todo había cambiado. El aire era distinto, un movimiento de operarios a lo lejos le llamó la atención, pero no preguntó nada, se dijo que era la ayuda de la que le hablara Marcos. Al estacionar en el patio no vieron a David, le comunicó que estaban durmiendo, le comentó que Juancho se había quedado a pasar la noche en la mansión y todo el trajinar de gente los había mantenido despiertos. Le extrañó que se hubiera quedado en la mansión, pero era de esperar, se estaba acercando el final y Juancho no querría abandonarlo en este tramo. Además, estaba pendiente el asunto del suero que necesitaba y el pedido que le hiciera de asesinar a un indigente, una sospecha le nubló la mente y no quiso darle crédito. Tampoco podía preguntar nada, se suponía que ella no estaba involucrada en esa parte del plan donde mataban a un indigente para extraerle el suero, ya que Juancho se lo había contado en confianza.

En la antesala se sirvieron un café, continuaron su descenso y al entrar al laboratorio un cambio enorme se había producido: equipos llegados desde la central del laboratorio New Génesis, hombres con uniforme que los identificaba como operarios, ensamblaban los equipos. Un hombre de túnica blanca recorría las instalaciones. Le fue presentado como el Dr. Stoker, científico de New Génesis que se encargaría de la última etapa del experimento. Stoker le extendió una mano fría sin mirarla y sin dejar de apuntar algo en una carpeta Se notaba que estaba atento a todo y no se le escapaba detalle.

Marcos le alcanzó un vaso con agua mineral, para bajar el gusto amargo del café y la visión borrosa del Dr. Stoker fue lo último que recordó de ese día.

***

— ¿Ya está dormida? —preguntó Stoker— que mantenía uno de sus ojos pegados a un microscopio en donde se desplazaban espermatozoides con una movilidad increíble.

—Si —contestó ayudándolo a colocarla en la camilla.

—No hay tiempo que perder —aseveró Stoker— tómale la temperatura.

—Está en más de 37°. Es la mayor curva que he visto —confirmó.

—Llevémosla a la sala de ecografía, debemos estar seguros de cuántos óvulos hay.

Al estudiar a Frances, se dieron cuenta que cuatro óvulos habían sido expulsados del ovario, pero únicamente dos de ellos eran los adecuados en tamaño y maduración para extraer y continuar con la otra parte del experimento. Mientras dormía víctima de un anestésico, Stoker ayudado por Marcos extrajo los dos óvulos. Estaba atento al trabajo de Stoker, era una experiencia que se estaba llevando a cabo por parte del laboratorio de científicos, una experiencia donde el óvulo es tratado por transferencia nuclear. Stoker hablaba con él mientras realizaban el delicado manejo del potencial de ADN de Frances y David.

—¿Ves los óvulos?

—Si —contestaba Marcos que ya estaba fuera de sí con tanta excitación.

—Ahora... con cuidado, extraemos el núcleo de uno de ellos, donde se encuentra la reserva de ADN.

—¿Una célula sin núcleo? ¿Un núcleo sin ADN? —se atrevió a preguntar.

—Sí... porque lo que queremos implantar es el ADN de David.

—¿Y qué parte del ADN de David?, quiero decir... que por supuesto no es trasferencia de óvulo a óvulo.

—Introducimos... con mucho cuidado el ADN de una célula adulta que en este caso es de su piel.

—Un híbrido perfecto –exclamó.

—Esperemos que sí, supuestamente el híbrido se tiene que multiplicar dando lugar a un embrión con la carga genética idéntica a la del donante del núcleo... que como sabemos es David. ¡EUREKA! ¿Lo ves? ¡Observa tú mismo y dime si no es la multiplicación de una nueva raza la que está en estado latente!

—Lo veo, lo veo —dijo Marcos que no salía de su asombro.

—Ahora, conservaremos este en estado suspendido y lo llevaremos al laboratorio New Génesis donde estarán a la espera de este resultado.

—¿Y el otro óvulo? –preguntó.

—Ahora, vayamos a la parte más sencilla, este es un simple procedimiento de inseminación donde introducimos el espermatozoide en el óvulo de la donante —agregó luego de colocarse los guantes y observar por el lente de la cámara de alta precisión que les devolvía la imagen grotesca de una jeringa que involuntariamente rompía la protección del óvulo conteniendo un espermatozoide...

—No hay tiempo que perder le decía Stoker que como un enviado de fuerzas extrañas manipulaba un elemento con que aplicó una descarga eléctrica sobre el óvulo.

—La luz de la vida —dijo Marcos en voz alta.

—Con esto obligamos al óvulo a dividirse rápidamente. —veamos... ¡SI! —gritó Stoker.

Marcos casi lo empujó y miró, se dividían como en cascada un sucedáneo embrionario.

—Debemos irnos —sentenció Stoker.

— ¿Qué harán con esto?

—El primer óvulo es el experimento en sí, el segundo fecundado y dividido formará embriones que vivirán unas pocas semanas, el tiempo suficiente para extraer progenitores celulares —decía Stoker que no se quedaba quieto, que ya había guardado cuidadosamente su producción y se marchaba con una nueva raza en sus manos.

Al mirarlo nuevamente vio a un monstruo que sonriente babeaba con su producción de vida y atinó a decir —crear vida para destruirla.

—¡Sí! Le gritaba Stoker que ya se acomodaba en el camión que los llevaría al aeropuerto donde los estaba esperando un avión con rumbo al laboratorio. —Crear vida para destruirla, crear para matar, crear para curar, crear para perfeccionar, crear y matar para vivir. ¿Acaso no somos un experimento? —cerrando fuertemente la puerta dejándolo con esa frase que le resonó en la cabeza— ¿Acaso no somos un experimento? —Se repetía mientras veía cómo la camioneta levantaba las hojas marrones del sendero y se perdía tras los árboles, más allá el portón de hierro, más allá el río y más allá ¿Qué?

Al regresar al laboratorio se encontró con un sobre amarillo donde estaban las indicaciones de qué hacer con Frances y con David si los resultados del experimento no eran los esperados. Él sabía que eso se refería a la otra parte, a la metamorfosis de ese hombre que esperaba su destino, no se refería a la parte del experimento de Stoker porque todo había salido como se esperaba, suspiró y leyó, aún no se podía sacar de la mente la frase de Stoker...¿Acaso no somos un experimento?

Leyó:

1.   Si el resultado de la reproducción asistida era el esperado y los óvulos llegaban a

fecundar: La "Célula donante" permanecería con vida para futuros experimentos o posibles trasplantes de órganos, si estos fueran necesarios, tal vez algún trasplante de tejido o de médula ósea. Ya que de ella se había extraído la célula madre, tendría compatibilidad absoluta con el espécimen que resultara.

2.   Marcos debería permanecer a su lado, siendo su custodia y resguardar así su

integridad. Ella no debería enterarse jamás de esta parte del experimento.

3.   La mansión debía conservarse, ya que era el hábitat natural de las salamandras que pudieran desarrollarse a partir de este nuevo experimento.

4.   Si David se desarrollaba en animal, debería tratar de conservarlo de alguna manera, sedarlo y llamar inmediatamente al laboratorio para que lo fueran a trasladar.

5.   Si se desarrollaba en humano, debería matarlo.

6.   El laboratorio sería desmantelado por completo luego de concluida la fase final del experimento llamado Bennie.

7.   Al doctor Stoker le competía la parte de la inseminación. Una vez concluida debería regresar con todo su equipo en un avión de la compañía que los trasladaría al aeropuerto junto con el espécimen engendrado.

Las indicaciones eran muy precisas, no se podían cometer errores.

David estaba en otra sala, a la espera del resultado. Al enterarse de que fue positivo, que todo se desarrolló según las predicciones y que el cigoto con una primera duplicación fue congelado y trasladado en avión hacia el laboratorio, suspiró satisfecho y se dispuso a comenzar ahora sí la parte que le competía a él.

El doctor Stoker se había retirado entusiasmado con el nuevo desafío. David y Marcos estaban ansiosos. Al dejar de tomar los medicamentos, la decisión no podía volverse atrás, había que seguir adelante y con todos los equipos y máquinas del laboratorio a disposición de ellos era viable, además se encontraba en su hábitat natural, su casa, sus amigos, sería una experiencia inolvidable y de liberación para él.

Fue colocado en una camilla al lado de donde ella se encontraba, una mampara móvil lo separaba de una Frances que se encontraba aún bajo el efecto del sedante y estaría así por una media hora más o menos.

Mientras tanto Juancho en el patio caminaba de un lado a otro, no se podía mantener quieto, hubo mucho movimiento en la mañana de ese día y habían pasado muchas cosas como para que pudiera estar en paz consigo mismo, además estaba sin dormir y el cuerpo le pesaba más de lo habitual, se arrimaba a la baranda del mirador, se acercaba a la mesa de mármol, revisaba que todo estuviera en su sitio, hubiera deseado estar presente en la sala del laboratorio, pero no se atrevía. Caminó en silencio, casi sin respirar por los alrededores de la mansión, bajó con cuidado por la escalerilla hacia el interior de la gruta, recordó que Frances siempre había querido ir a visitar los dibujos de la madre. Al acercarse a la entrada un olor nauseabundo lo retuvo en suspenso, se tapó la nariz con un pañuelo y trató de visualizar de dónde provenía, al entrar al recinto vio que los cuerpos de los tres perros desaparecidos estaban allí, con el cuello destrozado, salió del lugar tropezando con las piedras, trepó con todos los sentidos alterados, con horror, mientras le martillaba el recuerdo de las mujeres que asesinara la noche anterior, trepó por la escalerilla que rechinó bajo su peso y se dirigió con determinación hacia el interior de la mansión.

Marcos extrajo el líquido que había sido colocado en una ampolla con una jeringa, lo introdujo en la base del cuello, y en la médula de David. Por unos minutos, nada sucedió, se durmió como si nada le hubiera pasado, su respiración y temperatura eran normales, la presión, el corazón, todo estaba en orden... tampoco pasó nada en la media hora siguiente.

Juancho al entrar a la mansión notó un silencio abrumador, bajó las escaleras que reflejaron los colores opacos del vidrio, se detuvo ante la puerta del laboratorio donde un cartel rezaba: "No molestar", pero decidió tocar tres golpes suaves como los que habitualmente utilizaban para comunicar su presencia. Abrió la puerta, David se mantenía estático, respirando sin dificultad, al lado Frances sin sentido. Juancho que no sabía que ella se encontraba en la mansión quiso gritar, pero Marcos le puso la mano en la boca y con señas le pidió que lo ayudara a llevarla a la sala, para que despertara.

— ¡Marcos! –dijo— ¿qué es esto? ¿Por qué ella se encuentra aquí al lado de David?

—Fue mi culpa, quise que estuviera a mi lado cuando realizara el experimento como ha estado todo este tiempo, ella es parte importante también al igual que tu... pero... se impresionó y perdió el conocimiento, la recosté en la camilla a su lado, ven... ayúdame a llevarla a la sala.

Era medio día y el sol entraba por las ventanas a raudales. Frances fue despertando sin sobresaltos, estaba segura, al lado de Marcos y Juancho. Todo estaba en orden.

—¿Qué me pasó? —preguntó al ver la cara de los hombres observándola consternados.

—Te desmayaste —dijo Marcos sonriéndole.

—¿Me desmayé? —preguntó al tiempo que se tomaba la cabeza con las manos, sentía una extraña sensación de placidez y un gusto amargo en la boca, las palabras se le escapaban sin poder detenerlas. —¡Vaya, con qué cara me miran ustedes!

—Tal vez la tensión de los últimos días, mucho trabajo, deberías descansar —agregó ayudándola a incorporarse— te llevaré a casa, descansarás mejor, ¿te estás alimentando bien?

—Si es por mí sí se está alimentando bien —agregó Juancho ayudándolo con Frances que le decía al oído, que estaba muy guapo últimamente con ese peinado.

—Sí, bueno —dijo Frances— es verdad que en los últimos días he trabajado mucho, pero... ¿y David?

—Está bien, no te preocupes, está descansando.

—¿A esta hora?

—Es natural, también para él es una situación... Juancho y Marcos cruzaron miradas —es espinoso encontrarse con recuerdos.

—Sí, sí, bueno... ¿me alcanzarás a casa? —le preguntó a Marcos casi en una súplica.

—Sí, vamos —ayudándola a incorporarse.

—Tranquila pequeña, nada te pasará, en la noche iré a ver como sigues —le dijo Juancho en tono paternal.

Se sentó en el lado del acompañante, a través del parabrisas pudo ver a Marcos y Juancho en una animada conversación, supuso que estarían programando algo, no había visto a David, eso la desconcertó, quería saber qué era lo que estaba pasando, pero no se animaba a preguntar, a esta altura de los hechos ya no sabía en quién confiar. Él le había dicho que su familia había sido el resultado de un experimento, Marcos le había contado que había dejado de tomar los medicamentos que lo bloqueaban y desconocían que podía llegar a pasar, y Juancho le había confesado en secreto que necesitaban una dosis para completar la última fase del experimento. Eran secretos que se comunicaban entre sí, pero ninguno debía conocer que ella los sabía. Los pensamientos siguieron dando vueltas en su cabeza, lo mejor era que pensara en otra cosa, luego trataría de ordenar las piezas cuando estuviera más tranquila, ahora, deseaba estar en casa.

—Quédate con él, está bien, pero necesita descansar, alcanzaré a Frances a casa y regreso en un momento, —aseveró Marcos.

— ¿David está bien? —preguntó Juancho casi en un hilo de voz

—Sí, hace media hora que le suministré el suero, pero no ha tenido cambios, esperamos que se vaya despertando lentamente, por ahora nada ha pasado, pero mantente alerta, regreso en un momento.

—¿Tendremos que repetir el procedimiento? ¿Eso es lo que quieres decir?

—Aún es muy apresurado aventurar una respuesta, tendremos que esperar, tendremos que esperar.

20

Juancho regresó al laboratorio pensando que en la noche iría a ver a Frances, no le había notado buen semblante. Al acercarse a la puerta del recinto sintió ruido de vidrios rotos, eso lo alarmó y quedó parado del lado de afuera sin saber qué hacer. Caminaba de un lado para otro por la escalera iluminada de colores sin atinar a entrar.

—¿Te quedarás conmigo por el resto del día? —le preguntó a Marcos que ya se había trepado a la camioneta— Hace unos días que no te quedas en casa... ——insistió— a pesar de que había tomado la resolución de terminar con la relación que mantenían.

—Hoy no puedo, tengo que estar al tanto de David, no está muy bien, tal vez necesite de mi ayuda —le decía esto a la vez que aceleraba la camioneta, barriendo las hojas del sendero— estaremos en contacto.

En el momento en que Juancho subía decidido a retirarse, unos alaridos desgarradores como un lamento lo frenaron en mitad de la escalera.

Mientras la trasladaba a casa en la camioneta, Frances supo que le estaba ocultando algo, algo tan horrible como la transformación ¿cuándo sería? se preguntó o ¿ya se habría llevado a cabo? Un fuerte dolor de cabeza le hizo cerrar los ojos, una sensación de vómito le hizo sacar la cabeza fuera de la camioneta. El desmayo y la sensación en el estómago con una amarga saliva, le dieron vuelta la mente.

Juancho corrió hacia la puerta y la abrió, David estaba parado ante unos enormes vidrios que reflejaban una macabra fisonomía.

Al llegar a casa, Marcos se bajó de la camioneta, la acompañó hasta la habitación, Frances no pudo dejar de tomarlo por el cuello y besarlo, hacía unos días que no se veían y no le importó el hecho de que pensaba abandonarlo. Al principio trató de rechazarla, estaba preocupado por el destino del experimento, pero luego respondió a las caricias. No hablaron, sus miradas transmitieron todo lo que sentía el uno por el otro. Se abrazaron fuertemente y el flujo energético de los cuerpos los estremeció.

—Ahora no Frances... ahora no...

—No puedo estar un día sin verte —se sorprendió diciendo eso porque ya había tomado la decisión irrevocable de dejarlo, pero cuando lo tenía frente a ella, con el cuerpo pegado a su boca, no resistía el impulso de besarlo.

—Eres insaciable —le susurraba Marcos al oído.

—Me conoces.

—Quisiera quedarme...pero no puedo...

— ¿Cuándo?

—Mañana... mañana...

— ¿Esta noche?

—Imposible... mañana.

— ¿Me lo prometes?

—Sí.

Recorrió el cuerpo de Frances con sus manos, dibujando sus muslos, los senos, besándole el cuello. Bebió la esencia de mujer en los cabellos negros y lacios que caían como en cascada sobre su rostro y se retiró. Frances se dejó caer sobre su espalda en la cama, se descalzó y acurrucó en un suspiro abrazando la almohada.

David al ver a Juancho se volvió instantáneamente mientras una voz cavernosa, grotesca y animal le salía del pecho.

— ¡Mírame!

—David —dijo en un hilo de voz, tranquilízate, es mejor que no te muevas.

— ¡Mírame! —seguía gritando a la vez que los brazos se le desgarraban en una sinfonía crujiente de huesos...y ese alarido.... ese alarido se le había calado en lo más hondo a Juancho que no sabía cómo resolver la situación.

—Por lo que más quieras —decía corriendo de un lugar a otro sin atinar a hacer nada, mesándose los cabellos.

— ¡He fracasado! —gritaba mientras se arrastraba por el suelo— ¡he fracasado!

— ¡No sé cómo pudo haber pasado! —decía Juancho— estaba todo bajo control, y Marcos que no llega.

— ¿Dónde está? —preguntó con las instrucciones del laboratorio New Génesis, las cuales acababa de leer— ¡Donde está Marcos! Gritaba rompiendo el sobre amarillo que los científicos le habían dado a Marcos y que éste estúpidamente olvidara entre unos papeles. Hubiera pasado desapercibido como un documento más, pero éste tenía el color de los sobres del laboratorio y en letras impresas New Génesis 2020, algo que le había llamado la atención a David.

—Marcos fue a llevar a Frances a su casa, pero está tardando más de la cuenta, ya tendría que estar al llegar.

—¡Frances! —gritó, agregando— tendré mi descendencia con ella al fin de cuentas.

—¿Qué dices? —preguntó ayudándolo a incorporarse— ¡qué dices hombre, ven, salgamos afuera.

—Juancho, cuida de Frances —le decía al tiempo que se apoyaba en él.

—Sabes que la cuido como si fuera mi hija.

—¡Helen! —gritaba con un tono que se iba desfigurando cada vez más.

—David, deliras, tranquilízate, salgamos.

Juancho sabía que la metamorfosis era irreversible, sabía que estaba perdiendo al hombre, que estaba delirando y los pensamientos tal vez le estuvieran jugando una mala pasada al recordar a Helen la madre de Frances a quien nunca pudo olvidar. Subieron por la escalera despacio, apoyándose en la pared de piedra musgosa, resbalando,

arrastrándose, mientras Juancho trataba de ayudarlo estando siempre a su lado en forma incondicional.

—Tendré mi descendencia —repetía en una voz gutural.

—¿Tu descendencia? ¿De qué hablas?

—Cuídala, Juancho.

—¿Frances? sí, sí, la cuidaré, nada va a pasarle, si le llegara a pasa algo a ella...

—Estamos todos condenados, no somos libres, nuestras vidas están en juego.

—¿De qué hablas? ¿Qué hay con ella?

—¡Cuídala y no preguntes! —le gritó soltándose de un tirón, empujando a Juancho quien rodó por el suelo en el momento que ponía un pie en el patio. Juancho se dijo para sí que tenía que controlarse, él estaba trastornado por el resultado adverso del experimento, pero en ese gesto grosero pudo reconocer los genes de Sebastian Rothauss, su padre.

—¡Inútil! —gritaba— tú eres inútil... ¡todos son unos inútiles! —dando manotazos al aire.

—¡Inútiles! —respondió Juancho al cual la soberbia ya le estaba sonando una falta de respeto hacia todos. ¿Por qué? ¿Porque tú no lograste tu objetivo, mientras todos estábamos pendientes de tu suerte?

—¡Incompetentes! —gritaba en un alarido a la vez que traspasaba el umbral hacia el patio del mirador. Un sol rojizo, como un globo suspendido entre los árboles matizaba unas nubes de rosa contrastando con el tono verde del río.

—¡Eres un mal agradecido! —le increpó enfrentándose con la monstruo mitad hombre mitad animal— ¡Siempre lo fuiste! —no pudo soportar más la presión de la conciencia que le oprimía el pecho—. Pensé que todo había cambiado, pero en cambio, me transformaste en asesino —le reprochaba a la vez que trataba de llevarlo lo más cerca posible a la baranda del mirador, lo arrinconaba contra su propio destino.

— ¿Asesino? pensé que estábamos juntos en esto.

—Sí lo estábamos —dijo elevando la voz— pero en algún momento te desviaste, en algún momento perdiste el rumbo, en algún momento dejamos de ser amigos para volvernos tú dictador y yo una persona servil. —lo empujaba con ambas manos hacia la baranda mientras de su boca salían reproches.

—¿Qué pretendes hacer? —y eso último le salió desde las entrañas al darse cuenta de que Juancho quería empujarlo al precipicio de piedras afiladas. La mutación de lo que alguna vez fue David lo tomó por el cuello y apretó sintiendo la fuerza animal fluir por las venas, sintiendo el placer de matar, de desgarrar y arrastrar a su presa, ocultándola, marcando el territorio.

Frances se vio inundada por una dulzura que no conocía en Marcos, unas caricias suaves que recorrieron su piel palmo a palmo, dibujando, descubriendo oquedades, el sueño la venció entre caricias y no oyó cuando cerró la puerta tras de sí.

Una lluvia de hojas acompañó a la camioneta de Marcos al tomar la curva que terminaba en el patio. Las luces alumbraron a un hombre enceguecido que quedó inmóvil por un instante hasta perderse luego entre los árboles. Marcos reconoció al vecino jardinero. Pero ¿qué estaba haciendo en la oscuridad a esa hora? Notó un movimiento, pero no pudo precisar por donde se perdió delante de las luces.

Corrió hacia el laboratorio, pasando por el atajo al costado de la entrada de la mansión, el mismo atajo por donde arrastrara a Frances hacia el mirador cuando le pidió que se retirara de la casa. Al tomar el descenso de la escalera, le llamó la atención la luz que salía de la puerta abierta del laboratorio, nunca la dejaban abierta, esa era la señal de que algo andaba mal. Paso a paso descendió hasta encontrarse dentro del recinto del laboratorio y la sorpresa fue mayor cuando descubrió los vidrios rotos de los paneles y un desorden poco común. Corrió hacia donde había dejado a David y no lo encontró.

—¿Juancho? —gritó— ¡David!, ¿Dónde están? —y sospechó lo peor.

Buscó entre el desorden el sobre amarillo que le habían enviado los científicos del laboratorio New Génesis 2020 y no encontró más que un picadillo de papeles entre los que descubrió las instrucciones, supo que tanto Juancho como David podrían haber descubierto el sobre.

—¡Maldición! —gritó en voz alta golpeando la mesa—. Maldijo el descuido de haber dejado el sobre a la vista, ante la premura de que ella no se enterara de nada. Sintió una voz a sus espaldas como un gruñido que se fue acercando hasta sentir el respirar agitado del animal. Se volvió lentamente, estaba seguro que todo había sido un fracaso.

El mutante se apartó, dándole espacio, tratando de ver la realidad desde otro ángulo mientras a su paso destruía todo. Rodeó a Marcos y buscó los papeles amarillos destrozados y se los señaló desafiante. Sabía que él había leído las instrucciones, sabía que, si el experimento involucionaba, él tendría que sedarlo y llamar inmediatamente para que fueran a buscarlo. David le sellaba el paso hacia el estante de las jeringas y sedantes, tanteó en el bolsillo el pequeño elemento de control satelital que le diera Stoker, simplemente tenía que oprimir el botón por si las cosas se complicaban demasiado y este momento era el adecuado, pasó nerviosamente el dedo por el botón sintiendo la textura a la vez que veía la completa mutación, que se debatía ante su realidad. Pensó que, si oprimía el botón, auxiliares del laboratorio correrían a buscarlo y lo llevarían para la siguiente fase del experimento que nunca sabría cuál sería, pero si lo dejaba vivo lo condenaba a su suerte, en ambos casos lo estaba condenando.

David medía los movimientos de Marcos como una fiera a la espera de una presa. La decisión era difícil para los dos, ambos tenían razones para matarse mutuamente pero también se necesitaban. Sacó la mano del botón y pensó que lo mejor que podían hacer era tratar de que él se tranquilizara, buscó a Juancho con la mirada, pero no lo vio en ningún lado, tal vez... dejó de pensar en eso, luego vería la forma de encontrarlo.

—¡Escúchame! —tratando de disuadirlo— te administraré unos sedantes, nada va a pasarte, confía en mí. Pero en realidad no sabía que era lo que estaba diciendo, si tratando de disuadirlo para que se tranquilizara y oprimir el botón, o sedarlo para ver qué haría con él que a estas alturas ya no era David y no sabía de qué manera podría llegar a reaccionar.

El mutante se embraveció con la sugerencia de Marcos, en realidad la situación era desconcertante, y en un último intento por salvar su vida y la del engendro, saltó hacia la mesa de metal adosada a la pared que desembocaba justo ante la puerta de los sedantes, corrió llevándose todo por delante, cayendo, lastimándose con los vidrios que se le incrustaban en las piernas. Al llegar ante la puerta extrajo la llave del llavero del bolsillo y trató de abrirlo, un movimiento brusco se desató a sus espaldas y el engendro lo elevó con toda la fuerza, sacudiéndolo como un muñeco.

David sabía que toda presunción de ser humano había terminado para él. Corrió hacia la puerta oculta detrás del estandarte y abrió como pudo el pasaje que comunicaba al interior de la gruta, los cadáveres de las mujeres estaban en el suelo, pero ahora era otro apremio, la carne muerta no le transmitía ninguna alteración emocional, ya que la sangre no fluía por sus venas. Comenzó a tantear en la pared de piedras del fondo, tenía que encontrar el mecanismo de apertura hacia el corazón, aquel mecanismo que su madre le enseñara cuando eran niños y jugaban a pintar lagartijas en las paredes. Al fin lo encontró y abrió la puerta que comunicaba a la gruta. Se presentaron entonces aquellos dibujos, los mismos que él y su hermana habían ayudado a pintar, se sentó en un rincón mientras la luz de la antorcha se apagaba en el suelo hasta quedar en profunda oscuridad. No supo cuánto tiempo se mantuvo así en silencio, expectante, tal vez se hubiera dormido, tal vez haya sido todo un sueño, pero al tratar de hablar notó que no había sido un sueño, había pasado en realidad, descendió hacia el otro lado, el que desembocaba directamente en la gruta cuya boca se abría al río y sintió en las venas el llamado del agua. Los cadáveres de los perros aún estaban en el lugar que él los dejara, los sorteó y saliendo se arrastró con el cuerpo escamoso por entre las piedras filosas y cortantes, se sentía en su ambiente, pero aún seguía luchando contra esa sensación nueva que trataba de oprimirle el pecho, lo poco que le quedaba de conciencia combatía el goce que le otorgaba el sabor almizclero del río.

Frances despertó a la hora veinte, había dormido toda la tarde con una tranquilidad poco habitual en ella. La cabeza aún le dolía, y el malestar general seguía, pero tenía la dulzura de las caricias de Marcos en su piel. Luego de ducharse bajó algunos alimentos congelados y preparó algo de comer, recordó los susurros, esa ternura que nunca había existido en su corta relación. Pensó que se había equivocado al desconfiar de él, era una tonta si seguía con esas elucubraciones imaginarias. Siempre había guardado un perfil de macho científico, duro, seco, sin sentimientos, pero lo que le había demostrado era algo muy distinto. Él conocía sus zonas erógenas y había sacado partido de ellas. Nunca había vivido una situación como esa, era distinto, la hacía vibrar y sentía que se correspondían en el clímax, un momento dulce y placentero que ella sabía prolongar con suaves caricias. Lo suyo siempre había sido sexo, con algunos matices de amor. Se dijo que no podía dejarlo, se convenció que lo necesitaba como el aire para vivir. Iría a verlo, quería hablar de su relación, quería que todo se aclarara por bien de este sentimiento que estaba naciendo y que le oprimía la garganta.

Pensó en Juancho ya que le había dicho que vendría a verla. Lo llamó por teléfono a la casa para decirle que iría a ver a Marcos, pero no le contestó, pensó que tal vez aún estuvieran al lado de David, eso terminó de afirmar la teoría de que hoy sería el día de la supuesta metamorfosis. Se vistió con el pantalón de pana verde y se puso la camisa a lunares que tanto le gustaba a Marcos. Tomó un abrigo y salió decidida a establecer de una vez por todas las bases de esto que le oprimía el pecho y la hacía sentirse como una chiquilina. Le pediría que luego de finalizada la última etapa, se quedara con ella, lo necesitaba, como una adicta que acaba de descubrir un paliativo para la soledad.

Pasó primero por la estación de servicio y llenó el tanque, había muy poco movimiento porque se estaba desarrollando un festival de bandas de rock en el parque y los muchachos tenían un lugar de encuentro distinto. Aunque se estaba preparando una tormenta a lo lejos no detuvo el entusiasmo febril de la música. Sabía cómo era eso, se mantendrían hasta que las primeras gotas empezaran a hacerse notar.

Luego se detuvo en el bar donde siempre se reunía con los amigos, algunos estaban conversando, tomó un whisky doble para infundirse valor, debía ir a la mansión para hablar con Marcos. Le declararía su amor, eso era algo fuerte viniendo de ella, una mujer práctica y casi insensible que atinaba a conservar pocos amigos y que pensaba que las relaciones entre un hombre y una mujer pueden darse a través del sexo, nada de amor, nada de sentimientos. Se llevó dos cervezas en la camioneta, estaba eufórica y contrariada a la vez, fue tomando las cervezas despacio, manejando también despacio, paraba cada tanto para practicar cómo se lo diría, para que no se notara el entusiasmo y quedaran los sentimientos al desnudo. Había poco tránsito en la carretera sur, la tormenta se dibujaba en el cielo con relámpagos que rasgaban la noche, se había levantado un fuerte viento y las copas de los árboles eran azotadas sin piedad. La mansión se veía silenciosa y oscura, sin hacer ruido se detuvo en la entrada y terminó la bebida, era buena bebedora, pero las sombras y los relámpagos le jugaban una mala pasada. El portón estaba abierto de par en par, eso no llamó su atención ya que en los últimos días se venían sucediendo acontecimientos fuera de lo común, que desestabilizaban la supuesta calma y armonía de la mansión. Lo que sí le resultó extraño fue que estuviera todo oscuro a una hora tan avanzada, generalmente las luces se encendían cuando caía el sol.

David sintió el sonido de un coche al detenerse y eso alertó sus sentidos, subió sigilosamente por la escalerilla de metal que comunicaba con el patio del mirador y vio que era la camioneta de Frances.

Frances entró con el coche sin prender las luces, la camioneta blanca de Marcos estaba estacionada, eso le daba la seguridad de que se encontraba en la mansión, pero algo le decía que las cosas no estaban bien. Siguió pensando en las luces ya que a esa hora estaban casi todas apagadas y únicamente la de la entrada principal estaba encendida, iluminando la puerta entreabierta que se golpeaba por acción del viento. Decididamente había algo que no estaba bien. Al bajar de la camioneta, comenzó a caminar a tientas hacia la entrada, los árboles se sacudían amenazadores, desprendiendo una lluvia de hojas, el columpio era el único protagonista, con los chirridos de pájaros milenarios entorpeciendo el silencio. Tropezó con algo y cayó en el colchón de hojas doradas del patio, al tratar de incorporarse, una mano descarnada bajo las hojas la hizo estremecer, sus rodillas se apoyaban sobre un cuerpo inerte, al apartarlas reconoció bajo la luz mortecina del foco de la entrada el rostro de Juancho. Un grito se le escapó de la boca ahogado por el silencio, la cabeza le daba vueltas, maldijo la hora en que había bebido tanto, ya que necesitaba de todos sus sentidos para poder explicar esto que estaba viviendo. Corrió hacia la camioneta y cerró todas las puertas y ventanillas, tenía que pensar si lo que habían visto sus ojos era cierto o efecto del alcohol, pero era real, la cara se asomaba por entre las hojas doradas de los álamos que tapizaban el patio. Pensó lo peor, pensó que ya habían llegado a la fase final del experimento, y que él se había transformado en un monstruo insaciable, solo así se podía explicar el estado del cuerpo de Juancho. Empezó a tejer conjeturas, quiso gritar por Marcos, pero se mantuvo en silencio, sin pensar, las palabras no salían de sus labios, el efecto del alcohol era desastroso a esa altura, la respiración era casi un grito. No podía irse y dejar a Marcos abandonado a su suerte. Tomó una linterna de la gaveta y desechó los prismáticos, en ese momento no los necesitaba. Abrió suavemente la puerta y descendió de la camioneta, observando para todos lados, el ruido del columpio no la dejaba pensar. Se dijo que, si todo salía bien, ese maldito columpio decididamente mañana sería historia. Pasó al lado del cuerpo sin mirarlo, caminó, cuidando donde ponía los pies. Al entrar a la mansión, un silencio escalofriante la envolvió, dudó si cerrar la puerta o dejarla abierta, no supo por qué decidió dejarla abierta de par en par, se sentía más segura si veía el exterior.

Encendió la linterna que le devolvió las imágenes sombrías de los cortinados. Se dirigió al laboratorio que estaba en el sótano, había una luz encendida, eso la hizo respirar con alivio, tal vez él estuviera trabajando y gritó:

—¡Marcos! ¿Eres tú? ¿Estás bien? ¿Contéstame por favor?

Le respondió el eco del silencio. Al enfrentarse a la puerta del laboratorio el piso terminó de moverse bajo sus pies y cayó, tropezando con el desorden que reinaba en todo el recinto. Parte de las piezas de las maquinarias que había visto en la mañana, ya no estaban, pero lo poco del laboratorio que quedaba estaba revuelto, los vidrios rotos, botellas y tubos de ensayo por el suelo. Se incorporó como pudo, y al hacerlo, descubrió entre los vidrios a Marcos tirado en el suelo, eso la aterrorizó, trató de alcanzarlo en un paso y volvió a caer lastimándose las manos y brazos que comenzaron a sangrarle. El rostro de Marcos era indescriptible, una mueca de angustia junto a vidrios ensangrentados. Se acercó y tocó su pulso, sin duda estaba muerto, los miembros inferiores habían sido arrancados del tronco. Quiso gritar, pero un alarido hacia dentro de sus entrañas le dobló el cuerpo. Recordó en una nebulosa el experimento de J. Rothauss, cuando encontrara a su ayudante muerto en el suelo entre vidrios y trató de salir lo más rápido que pudo de ese lugar. Tropezaba con todo, no podía mantener el equilibrio entre todo el desastre del laboratorio y la torpeza por la ingestión desmedida de alcohol. Pensó inmediatamente en David, y un sudor frío le recorrió la espalda hasta el cuello. Corrió como pudo por la sala, sus jadeos a esa altura eran gritos y comenzó a subir las escaleras hacia las habitaciones del piso superior, desde allí tendría una visión del patio. Los rostros de las personas de los cuadros parecían fantasmas que querían atrapar la luz de la linterna, al detenerse ante el retrato de Bennie, y observar esos ojos, fríos, de un negro profundo, pensó en la gruta y dedujo que tal vez estuviera allí, ese era el ámbito natural que a ella siempre le había gustado. Siguió subiendo las escaleras, hasta llegar a la habitación de David, la que tenía los grandes ventanales que daban hacia el patio.

David siguió los movimientos de Frances... la siguió cuando entró a la mansión a través de los vidrios de la sala, la vio cuando entró al laboratorio y la vio subir por las escaleras siguiendo el haz de luz de la linterna.

Frances corrió la gruesa cortina y lo vio, cerca de la baranda del mirador, se incorporaba en sus dos patas y se agachaba casi al instante, supo que la ansiada metamorfosis no había sido lo que esperaba, ya que estaba muy inquieto, apenas lo distinguía por la luz de los relámpagos. Una silueta con los rasgos de David se entremezclaba entre las sombras, pero sin duda las cosas habían salido mal. Quedó inmóvil mirando como el cuerpo se retorcía de dolor. En ese instante, él levantó la cabeza y le devolvió la mirada, supo que estaba perdida, retrocedió, no sabía cuál sería la reacción, pero viendo los cuerpos destrozados de Juancho y Marcos, no era difícil tener una respuesta. Corrió tan rápido como pudo escaleras abajo, se le cayó la linterna de las manos, que rodó hasta apagarse entre los escalones, no había tiempo para detener la carrera y buscarla. Mágicamente el efecto del alcohol parecía que había desaparecido, sus movimientos se hicieron más ligeros y precisos, debía salir por la puerta principal, se felicitó por el hecho de haberla dejado abierta de par en par, por lo menos ya tendría una ruta de escape segura. Detuvo su carrera bruscamente, ya que el mutante se encontraba en la puerta, tapándole la única salida. Retrocedió y su espalda quedó prisionera entre los cortinados, la respiración era agitada, pero ya no importaba delatar el escondite, una silueta que se dirigía hacia ella se dibujaba en el fondo metálico de la luz de los relámpagos. Él se movía lentamente, ella se mantenía estática, por unos momentos estudiaron sus movimientos, creyó que sería la última visión nocturna que tendría. Afuera, todo seguía su curso, el río majestuoso observaba en silencio, el viento hacía remolinos con las hojas de los árboles, dejando al descubierto el cuerpo de Juancho. Cerró los ojos y deseó que todo fuera un sueño, cerró los ojos y no pensó en nada. Al abrirlos nuevamente, David se encontraba a su lado, respirando un aliento animal sobre su cabeza, no pudo mirarlo a los ojos ni pudo ver la metamorfosis, pero sin duda no era lo que él esperaba.

—¿David?... —dijo en un hilo de voz— ¿David? —repitió ahora más fuerte.

Nadie le contestó, una respiración agitada, como quejándose cortó el silencio. Por un instante sintió pena por él. Sólo por un instante, porque en un movimiento brusco la tomó de un brazo y comenzó a jalarla hacia el patio, ella trataba de asirse a lo que encontrara, pero era inútil luchar contra esa fuerza animal, venida quien sabe de qué lugar del espacio o de la prehistoria de nuestros tiempos. Arrastraba el cuerpo sin ver el daño que le hacía, eso la hizo suponer que efectivamente la mataría. Tropezó con los escalones de la entrada y cayó, un fuerte golpe en la cabeza hizo que perdiera el conocimiento por unos momentos, cuando volvió en sí, seguía arrastrándola por una de las piernas hacia la baranda del mirador. Sentía todo el cuerpo entumecido y sangrante. Pensó con qué propósito la arrastraba hacia el precipicio, y mil respuestas se le cruzaron por la mente en el instante que David tomó su cuerpo y lo aferró fuertemente al suyo en un abrazo animal.

Pudo ver el rostro y lo que vio fue aterrador, un monstruo deforme, con ojos negros, profundos, una lengua bífida pugnaba por salir de la boca tratando de alcanzarle el cuello. Su piel áspera le lastimaba las manos, lo miró a los ojos tratando de encontrar al David que conocía, al hombre—animal que esperaba que dicha transformación lo liberara del martirio, pero únicamente encontró terror, pánico, dolor, la angustia de esos ojos le querían decir algo, le pedían perdón, la interrogaban. Comenzó a llorar a gritos abrazada a aquel engendro de la ciencia que trataba de matarla. Un relámpago cortó el cielo como un disparo, David se estremeció a la vez que empezaba a sangrar por uno de sus costados. Otro fogonazo de entre los arbustos terminó por convencerla de que alguien estaba disparando sobre ellos. David la abrazó fuerte, elevándola del suelo y en un solo impulso saltó hacia el precipicio de afiladas piedras. En la caída el cuerpo grotesco del mutante la protegía, pero no la liberó hasta que llegaron al fondo, hasta que la piel de David fue atravesada por los filos de las rocas. Fue en ese momento que abrió los ojos.

Milagrosamente había salvado su vida. El cuerpo de lo que alguna vez fue un hombre se sacudía en los últimos estertores, trató de incorporarse, la cabeza le estallaba, tenía que salir rápidamente de allí. Se arrastró por entre las rocas y logró llegar a la escalerilla de hierro, las manos y pies resbalaban con la sangre que manaba de la herida de la cabeza. No miró hacia abajo, el estómago se le había subido a la garganta y al llegar al patio, vomitó con todas las fuerzas y se desmayó. Luego... luego...

22

Deslizó uno a uno los dedos por la suave y ondulante superficie de la prenda que cubría su cuerpo.

—Soy el inspector Duein, ha tenido usted suerte.

No le contestó, los recuerdos se agolpaban en su cabeza, pero no le contestó, él siguió hablando.

—Debemos tomarle declaración señora —y con un gesto hizo entrar a su compañero con una libreta de anotaciones. Sus padres seguían parados detrás de ellos, no salieron de la habitación, tampoco lo hubieran hecho si se lo hubiera pedido.

—¿Cuánto tiempo hace que estoy en este lugar? —preguntó y los labios le dolieron.

—Las preguntas las hago yo, señora, tranquilícese y trate de responder, no se preocupe, tengo paciencia. ¿Recuerda que pasó el día que la encontramos en el patio de la mansión del columpio, con cuatro cadáveres? y los tres perros que habían desaparecido, muertos y mutilados –dijo a la vez que cruzaba una de las piernas sobre la rodilla.

— ¿Cuatro cadáveres? —eso era algo que desconocía. —¿Perros?

—Sí, dos hombres totalmente irreconocibles y dos mujeres que ejercían la prostitución, más los cadáveres de los tres perros desaparecidos; los cuerpos de las mujeres, ambos con un golpe en la cabeza y los datos nos revelan que la muerte de ambas fue al menos con un día de diferencia de los hombres. El inspector Duein se rascaba la oreja derecha con fruición.

No sabía nada de las mujeres, eso era nuevo para ella, hizo memoria, pero no encontró nada más que conjeturas sueltas, ¿tal vez esas mujeres hayan sido a las cuales les succionaron el líquido tiroideo? ¿Tal vez no fue un indigente después de todo? Tal vez, tal vez... pero por supuesto toda esa historia no podía revelar, no sabía hasta dónde sabían, pero si ellos le estaban interrogando era porque no tenían muchas pistas.

—No sé nada, no recuerdo nada, es terrible, pero no recuerdo nada. —mintió— mi memoria reciente está en blanco.

—¿Usted qué relación tenía con las víctimas? —volvió a cruzar la pierna sobre la otra rodilla.

—¿Qué víctimas?

—Juan Carlos, el cocinero, y un hombre que lo han visto en su compañía —y agregó como gran conocedor— corroborado por sus amigos —intimidándola, mientras se pasaba la mano por la barbilla en un gesto automático.

Sintió el llanto de su madre y las palabras del padre que trataba de calmarla.

—A Juancho lo conozco desde siempre a través de mis padres, el hombre que ustedes hacen referencia es Marcos, un viejo amigo de la secundaria.

—¿Qué estaba haciendo en la mansión del columpio?

—Le llevo los papeles legales al dueño de la casa, estaba en venta en mi inmobiliaria.

— ¿Quién es el dueño?

—David ...R...

— ¿Quién?

—David —respondió— bueno, al menos ese fue el señor que me presentó los documentos para la venta... ¿por qué me lo pregunta?

—No se ha encontrado ningún documento que podamos tener como prueba de que existió en algún momento un dueño que haya venido a la mansión en estos últimos tiempos. Por los datos que hemos rastreado, la propiedad pertenece a una familia radicada en Europa. Ya se le notificó que tenían que presentarse ante el juez debido a los espantosos acontecimientos que vuelven a caer sobre la mansión. —Se pasó la mano por los cabellos asegurándose que aún seguían allí.

—¿Cómo se llaman los dueños? —preguntó a la vez que no entendía nada de lo que estaba pasando, pensó siempre que él era el dueño, el hijo de Sebastian Rothauss y Bennie, pero esto la tomaba por sorpresa, en realidad no sabía que responder. Miró a sus padres, tal vez ellos pudieran darle alguna pista de lo que estaba pasando, pero encontró los rostros asombrados y gestos que le comunicaban que nada sabían. Tenían razón, nada sabían, ya que ellos no habían visto a David, únicamente habían sabido de la existencia por ella. Pensó en el abuelo, pero estaba en la misma situación que sus padres, su abuelo tampoco había visto a David. Comenzó a inquietarse, mientras el inspector buscaba los nombres de los propietarios.

—¡El viejo y maltrecho jardinero! —recordó— sin duda él corroboraría los datos. No —se contestó— era un viejo loco que no sabía dónde estaba parado, estaba segura que no sabía cómo se llamaba ni qué edad tenía. Además, le infundía temor, más de una vez lo había visto cómo se escondía entre los arbustos, estaba segura que espiaba todo lo que pasaba en la mansión. Lo descartó al instante ya que no era un testigo confiable.

—Familia Rothauss —contestó Duein rascándose la oreja— y la dueña se presentará dentro de unos días para hacerse cargo de una vez por todas de los bienes familiares, los cuales han estado abandonados por muchos años.

Era lógico que quisieran tapar los hechos —pensó— el experimento, las muertes, con otro miembro de la familia. ¿Otro miembro de la familia? Eso hizo que su cuerpo se estremeciera y se enjugó los labios con su propia saliva, quería retrasar el tiempo, disimular el terror ¿otro miembro de la familia? Seguía repitiéndose en silencio ¿otra lagartija? ¿Me envían otra lagartija?... no puede ser, tiene que haber una explicación, esperaré para hablar con la señora, tal vez todo fue un engaño, todo fue producto de mi imaginación, pero lo que he vivido fue cierto, todos los hechos están frescos.

Lo realmente cierto era que estaba viva, que aún podía recordar lo que había pasado, pero le inquietaba la llegada de la dueña de la mansión Rothauss. De veras le inquietaba.

—¿Qué recuerda de esa noche? —volvió a repetirle el agente sacándola de sus conjeturas.

—Bueno... recuerdo que había bebido unos tragos con unos amigos en la barra del bar que está en la costanera, me dirigí a la mansión llamada por el propietario, tal vez... para comunicarme algún cambio de planes en los documentos. Me acompañaba Marcos que se encontraba conmigo —mintió— a Juancho lo vimos en la mansión, acababa de entregarle la cena al señor de la casa, usted sabe que él cocina de maravillas y realiza entregas domiciliarias —dijo al inspector, mientras su ayudante anotaba en la libreta sin que se le escapara detalle y acotó sarcásticamente.

—¡Cocinaba! Dirá usted...

Dejó pasar ese comentario, y siguió con el relato.

—Estaba realmente ebria, el señor no podía atendernos en ese momento porque se encontraba hablando por teléfono, decidimos esperarlo en el patio, lo último que recuerdo es que, en una torpeza de mi parte, me senté sobre la baranda del mirador, miré hacia abajo y la cabeza comenzó a darme vueltas y caí hacia las rocas. No sé qué tiempo estuve inconsciente, recuerdo que pude asirme de la escalerilla y subir arrastrándome, es lo último que recuerdo, nada sé de los cuerpos ni de...

—¿De qué? —interrogó como una presa de caza?

—¿Usted me dijo que encontraron cuatro cadáveres, ¿verdad? Dos hombres y dos mujeres.

Asintió con la cabeza siguiendo el razonamiento.

—¿Dónde está el propietario? —preguntó Frances.

— Bueno! —dijo cambiando el tono de voz que había tenido hasta el momento. —No lo encontramos por ningún lado, es más no sabemos nada de ese señor que usted llama David, esperaba que usted me lo dijera —asintió cruzando nuevamente la pierna— ya que fue llamada por él —agregó.

El tono sarcástico del inspector le hizo pensar que no creía en lo que le estaba contando, que tal vez pensara que eran las alucinaciones propias de la mansión, que todo había sido idea suya, que tal vez estas personas tuvieran una fiesta y los acontecimientos se precipitaron, en fin, todo podía ser posible, de lo que estaba seguro el inspector era de los cuerpos de las mujeres, de Juancho, Marcos y los perros.

—¿Buscaron por todas partes? ¿El sótano? ¿En la gruta? ¿Sobre las rocas no encontraron nada? ¿Quiere decirme que se esfumó?

—Por todas partes, peinamos la zona, no dejamos un solo resquicio de la endemoniada gruta o casa que no hayamos buscado. Lo único que se encontró entre las rocas fueron restos de un gran lagarto comido por los peces.

—¿Usted piensa que estoy delirando? ¿Qué realmente este hombre nunca existió? —y agregó tratando de convencerse— ¿tal vez se suicidó?

—Sí, si —dudando— puede ser, la escena que se nos representó fue la de un doble crimen, aunque hay algunos cabos sueltos que no me gustan.

—¿Cómo cuáles? —preguntó tratando de imaginarse el escenario del supuesto doble crimen.

—¿Por qué la muerte de las mujeres se deduce que fue un día antes?

—Tal vez... mató a las mujeres y al ser descubierto por Juancho y Marcos, no tuvo otra salida que matarlos. —hablaba en voz alta tratando de buscar una salida.

—Todo esto pasó mientras usted caía hacia el precipicio... tratando de seguir con la inspección de los hechos.

—Sí —contestó Frances que no quería en realidad que el inspector le preguntara nada más.

—Sí, eso puede ser —argumentaba el inspector caminando de un lado a otro de la habitación— tal vez, pero ¿por qué la saña, porque descuartizarlos? ¿qué animal podría realizar semejante mutilación? Sí, creo que el asesino se suicidó y el cuerpo fue arrastrado por las aguas hacia el fondo, hemos buscado por estos tres días en el río, pero nada encontramos, tal vez —mirándola— nunca existió... a pesar de la historia que me cuenta, hay dos piezas que no encajan en todo esto señora, usted, usted no encaja en la historia de las muertes... y el supuesto dueño que nadie sabe de él más que usted.

Frances pensó que su abuelo sabía toda la historia también, él podría corroborar los hechos.

El inspector le dio el dato que las mujeres fueron encontradas con un orificio en el cuello eso afirmó la suposición de Frances que fueron utilizadas para extraerles el líquido para fabricar el suero tiroideo. Y que hacía tres días que ella estaba inconsciente en el Hospital. Eso explicaba por qué sus padres estaban en este momento a su lado y no en Europa.

—En fin, señora, esperaba que usted me aclarara un poco más, pero veo que se encontraba en la casa por casualidad, o vaya a saber por qué motivo y nada tiene que ver con todos estos asesinatos, sus amigos confirmaron que estuvieron con usted y aunque no recuerdan al señor Marcos, se descarta que estaba con usted esa noche. Sus amigos dijeron que estaba muy contenta. —agregó— lo concreto es el doble crimen donde se matan mutuamente. La historia realmente no tiene asidero alguno ni conexión con supuestos rituales lo que realmente se encontró en la mansión fueron cuerpos destrozados, una escena que realmente nunca había visto en mis días de policía. Debo decirle que pasará usted a formar parte de la leyenda de la mansión del columpio y la gente tejerá conjeturas inimaginables al respecto. ¡El dueño de la mansión el asesino! Esto sí que es bueno... —dijo entre risas dirigiéndose a su ayudante— perdón... —volviendo a la compostura.

Se levantó en silencio, caminó hacia la ventana, descorrió suavemente la cortina y miró los árboles semi—desnudos. Regresó sobre sus pasos, la miró nuevamente desde su altura y le dijo, mientras su compañero salía de la habitación adelantándose.

—Fue una coincidencia, sólo así se explica que usted se encontrara inconsciente en el lugar de los hechos...Dobló la libreta inundada de apuntes y dibujos que le acercara su compañero y la apretó muy fuerte entre las manos. Muchas gracias por la declaración, este es un caso cerrado, fue un crimen múltiple como los que pasan en estos días en nuestra sociedad y el asesino se suicidó. Esta frase la dijo como para que Frances no se sintiera mal. Pero...aunque hubiera existido, no se encontró ni rastro del cuerpo y sin cuerpo del sospechoso no hay sospechoso, en este caso no hay asesino, entonces el múltiple crimen se transforma en doble crimen pasional y el caso quedaba resuelto.

Rogó que el inspector no fuera perspicaz en su observación, rogó que se fuera pronto y caratulara el episodio como un crimen pasional como lo había dicho, era evidente que no se abriría más el caso.

El inspector se marchó y ella quedó pensando en realidad qué fue lo que pasó por la mente de David ¿por qué matar a Juancho y Marcos? Nunca lo sabría, podría hacer algunas conjeturas, pero nunca sabría por qué los mató e intentó matarla a ella. ¿De quién fueron los disparos que dieron en el cuerpo de David? Sin duda era alguien que estaba oculto entre los arbustos, pero ¿Quién? ¿Qué había pasado con el lagarto—humano que saltara hacia las piedras aferrándola, tal vez fue como había dicho el inspector, que el cuerpo fue desgarrado por los peces y arrastrado por las aguas hacia el fondo, pero si no fue así quería decir que estaba vivo aún en las profundidades del río a la espera de alguna inocente presa.

El inspector al salir del sanatorio se enfrentó con su compañero el cual lo estaba esperando.

—¡Que historia para los archivos! Dijo Duein estirándose dentro del coche Policial mientas su compañero encendía el motor y tomaban la calle a toda prisa. De la mayoría de los hechos no se acuerda –replicó Duein colocándose los lentes de sol.

Le dieron de alta el mismo día luego que le tomaran la declaración y sus padres la llevaron a casa, aún seguía cansada, el cuerpo no le respondía del todo y las heridas aún frescas dolían bajo las vendas.

23

Los días transcurrieron monótonos, sin interés, luego de la recuperación ya estaba decidida a volver a Monte Real. Su abuelo la había llamado por teléfono casi todos los días para saber de su estado de salud. Los diarios comentaban los crímenes ocurridos en un escenario tan apropiado como la mansión del columpio. Se inventaron historias de reuniones bacanales donde el sexo no estaba ausente, tal vez fuera alguna secta satánica que adoraba salamandras en las noches de luna llena, ofreciendo sacrificios a los dioses. Y en un apartado del diario se leía:

"Extraña historia narrada por una joven mujer en donde asegura que el dueño inexistente de la mansión en realidad es el asesino".

No mencionaban su nombre, pero algunos datos de los que le había dado al inspector se encontraban en la historia, la misma estaba contada de una manera jocosa. Adujeron que la historia era inducida por el alcohol y tal vez... las drogas.

Cerró los ojos y pensó que a veces la imbecilidad era necesaria para tapar la verdad.

Se dirigió hacia la casa del abuelo, al descender de la camioneta, el amuleto que le regalara con aquel enorme trasero y unas manotas desproporcionadas le pareció grotesco, pero, tal vez ese amuleto fue el que le diera la suerte de no morir en brazos de David.

Abrió la puerta con las llaves, no quiso llamar, lo sorprendería, era una tarde en la que se sentía la brisa fresca de un anunciado otoño. Al pasar por el túnel de plantas y follaje que protegía la entrada sintió nuevamente esa extraña sensación de traspasar los límites como la había sentido antes. Abrió la puerta, el llamador adherido a la madera hizo sonar sus campanas, anunciando una presencia. La mucama con ojos asustados se dirigió a ver quién era el intruso y se encontró con Frances aún con algunos restos de las heridas, le salió al paso decidida y la abrazó.

—¡Frances! ¡Qué alegría!

—Lo mismo digo... ¿dónde está mi abuelo?

—Está en el sótano como siempre, como desde la última vez, no he podido convencerlo para que salga a tomar un poco de aire y sol. Se levanta y baja al sótano, desayuna, almuerza y cena y luego de cada una de esas acciones regresa allí como un imán, tengo miedo que se enferme, usted puede ayudarlo, hable con él y trate de tranquilizarlo, trate de que cumpla con el descanso y las comidas y deje por un momento de estar con esos horribles muñecos y animales de metal.

—Déjalo, esa es su vida, si él se siente bien en ese lugar, además, tú estás siempre pendiente de sus movimientos, pienso que no hay por qué obligarlo a cumplir una rutina diaria que él detesta, sabes que siempre detestó la rutina y las obligaciones y el sentido común.

—Está bien, estará contento de verla... la extraña mucho.

—Yo también.

Al bajar al sótano el desorden seguía estando en el mismo lugar desde que ella había ido la última vez. Los muñecos, amuletos y botijos se encontraban diseminados por los rincones y a fuerza del acostumbramiento se iban quedando allí, dominando el lugar, poseyendo las sombras. Aunque esta vez el encuentro con el abuelo era muy distinto de la última vez, en donde ella se había marchado con toda una expectación con respecto a las secciones áureas, a la historia del enfrentamiento con J. Rothauss, el experimento, la locura... esta vez era distinto, todo había pasado ya, la tranquilidad reinaba nuevamente en su vida y tenía que volver a adaptarse a esa monotonía "del nunca pasar nada".

—¡Hola hija! —le dijo el abuelo cuando lo rodeó con sus brazos como hacía siempre.

—Hola.

—Te ves fatal.

—Pero viva.

— ¿Cómo lograste...

—Siempre dije que tu amuleto iba a darme suerte.

— ¿Lo encontraste?

—Sí, en el bolsillo del abrigo, está ahora coronando el espejo de la camioneta desde que lo encontré lo coloqué allí y no se ha movido.

—Los diarios dijeron muchas cosas que...

—Los diarios, abuelo dicen cosas, pero no quiere decir que sean dueños de la verdad...

—Tergiversaron las cosas.

—Sí, es mejor un crimen sensacionalista con muchas muertes que la historia de una demente donde afirma que el dueño fantasma de la mansión fue el asesino.

—¿Cómo te ha ido con tus investigaciones acerca de la mansión Rothauss?

—Bien y mal.

—¿Cómo es eso?

—Bien porque salí viva de todo ese embrollo, pero mal porque me dejó un gusto amargo en la boca, mal porque lo que se estaba perfilando como una buena relación se quedó trunca, mal porque David no logró lo que deseaba y mal al fin de cuentas porque todo fue inútil... volvemos como al principio, la casa abandonada con los fantasmas encerrados para siempre. Todo pasó y nada pasó.

—¿Qué fue de él? —preguntó el anciano mientras soldaba unas partes de algo metálico sujeto a una madera.

—Nada, se esfumó, desapareció en el río.

—¿Muerto?

Ese diálogo le despertó al anciano la memoria como un fuego que le quemó las entrañas. Caminó en silencio hacia una mesa donde se encontraban algunos materiales intentado disimular un recuerdo que no lo dejaba vivir en paz desde hacía mucho tiempo.

Recordó aquel día en que volviera a la mansión, ocultándose entre los pinos, recordó qué había sido lo que lo había trastornado tanto como para dejarlo sin memoria. El pánico que sintió entonces, el horror de los fantasmas que regresaban del lecho de muerte en el río el día de la catástrofe.

Recordó la visión de un ser en apariencia humano aplicándose una piel gelatinosa sobre un cuerpo totalmente desfigurado, un monstruo sin rostro, loco, gritando de dolor en el laboratorio. Revivió la carrera por el bosque y cómo al correr había sentido las agujas de los pinos clavándose en los pies como aguijones y eso lo había enloquecido. Perdió la memoria temporalmente, pero esa visión lo atormentó siempre. Pasó el tiempo y nunca más se sintió hablar de los dueños de la mansión del columpio. Formaron parte de un patrimonio de casas muertas con historias muertas. La gente se olvidó pronto, se disgregaron las familias, devinieron nuevas generaciones que no tenían idea de la historia, del tiempo pasado. Ese episodio había quedado en la memoria como algo inexplicable que no quería compartir con nadie por temor a que pensaran que había perdido la razón. Luego cuando Frances le comunicó la venta de la mansión y la llegada de David creyó que todo volvía a empezar.

Con el correr de los días se fue dando cuenta que todo estaba tranquilo en la mansión, Frances le había transmitido seguridad y pensó que aquella noche había sido una alucinación, que realmente no había visto a ningún ser vivo, que había sido producto de su imaginación y eso lo tranquilizó, aunque siempre estuvo al lado de la nieta, preguntando, interesándose por los detalles. Volvió a preguntar luego de un momento.

—¿Encontraron a David?

—No sé, los inspectores no encontraron nada más que el cuerpo destrozado de un lagarto... ¿Piensas que es él?

—¿Quién puede asegurarlo? ¿Quieres hablar de lo que te pasó esa noche?

—Esa noche, esa noche quisiera borrarla de mi mente, sacarla de mi cabeza, pero no puedo. Al llegar a la mansión y encontrar el cuerpo de Juancho y de Marcos sin vida temí por la mía. No me resistí, no podía, estaba... se detuvo dudando... había pasado por el bar y estuve con los muchachos quería festejar mi futura relación, estaba eufórica y feliz... esa noche... David, al cual era casi imposible reconocerle, me arrastró como una bestia que consigue su mejor presa, me arrastró hacia la guarida y en ese momento alguien efectuó dos disparos que dieron en su cuerpo. Él me aferró fuertemente y saltó conmigo hacia el precipicio donde nos esperaban las piedras.

—¡Dios hija! —dijo el abuelo deteniendo la labor y mirándola a los ojos— ¿Disparos? ¿De quién?

—No sé.

—¿Estás segura? ¿No pudo haber sido un error? No sé... pero ¿Un disparo?

—Abuelo, David cayó herido, sangrando por uno de los costados, no pude equivocarme, a pesar de que no vi nada más que algo que se escondió entre los arbustos en la noche, estoy segura que lo que sentí fueron dos disparos. Al saltar al precipicio, cayó sobre su espalda clavándose una de las afiladas piedras y mi cuerpo sobre el suyo. Lo vi agonizar abuelo, lo vi morir o eso es lo que creo, pero al no encontrar rastros del cuerpo... no sé...tal vez son esos restos de animal que el río devoró —miró al abuelo que con el soplete en mano no salía de su asombro— ¿Aún sigues pensando que no quieres la mansión del columpio? —le preguntó.

—No la quiero, nunca fue mía —colocándose la mascarilla de protección y retomando la soldadura.

—Ahora dicen que está por venir la verdadera dueña... —dejó la frase flotando. Sabía de la reacción que podía causar.

—¿La dueña? —gritó el anciano deteniendo nuevamente el minucioso trabajo.

—Sí, dicen que la dueña va a venir... ¿qué me dices? ¿La conoces?

—¡La dueña! —gritaba— ¡La dueña!, pero esto es inaudito, hasta cuándo vamos a ser cómplices de un experimento horroroso deformante y nefasto por cierto... ¡Hasta cuando!¡No la veas! ¡No te reúnas con ella! ¡No sabemos que se trae entre manos esta señora!

—Pero abuelo...

—Frani, todo puede volver a empezar lo sabes, no te involucres más chiquita, aléjate, aléjate.

Ese diminutivo de su nombre le recordó a Juancho. Él a veces la llamaba así cuando la quería tratar con cariño, no pudo evitar pensar en él.

—¿Qué piensas que pueda ser esta señora abuelo?

—La mamá de la criatura dijo y no pudo evitar sonreír sarcásticamente.

—Sí, puede ser la mamá de la criatura, pero puede ser que no, que no sea otra lagartija... no sé, sabes que el tema me apasiona.

—Sí, lo sé y sé que no te alejarás por más que te lo diga, sabes que volverás a la mansión y la recorrerás y buscarás los restos o lo que quede de él. Sé que eres como yo, ¡mírame! Atrapado en el tiempo por esa casa como tú, nosotros somos los fantasmas de la mansión Rothauss, somos los que cuidamos de ella, somos los que protegemos los secretos, antes estaba yo ahora somos dos... —toma— le dijo –extendiéndole el trabajo que estaba realizando. —Está terminado, es para ti, solo nosotros compartimos este secreto.

Tomó en las manos una escultura mediana de metal representando una salamandra que se fundía con la madera de la base, complementándose siendo una sola figura. y desde donde apoyaba la cola en la base se extendía una espiral que abrazaba a la salamandra. —La espiral de Durero— dijo sonriendo al anciano.

—Sí, te protegerá lo mismo que el amuleto nalgudo —dijo su abuelo acompañándola hasta la puerta. Al traspasar el túnel de hojas sintió que el abuelo le decía —tenme al tanto de la mamá de la criatura, tal vez llegue a conocerla algún día.

24

Al regresar al trabajo la esperaba una cantidad de documentos desordenados, su padre había tratado de ayudarla con el cobro de los alquileres y los trámites, pero sin duda necesitaría una secretaria para que pusiera los papeles al día. Colocó la escultura del abuelo en el mueble donde tenía además algunas fotografías familiares y de amigos. No había vuelto a la casa del columpio, había seguido los pasos por informativos policiales, los cuales mostraban imágenes tan familiares para ella que hacían que su cuerpo se estremeciera. Seguía preguntándose qué habría pasado con el cuerpo ya que no encontraron nada, ni un rastro de la existencia.

—¡Caso cerrado! —dijo el inspector Duein, ¡caso cerrado! repitió en voz alta a la vez que guardaba en una carpeta el proyecto que había ideado para la venta de la casa que incluía algunas fotos y dibujos.

En ese momento entró al negocio una mujer que no conocía. Alta, delgada, con el cabello recogido en un moño trabajado en la nuca, pulcra y delicada.

—Buenas tardes, tome asiento.

—Usted no me conoce... mi nombre es Helga Rothauss, en realidad soy la propietaria de la casa Rothauss —la casa de la colina, aquella que tiene el mirador que entra en el río, en la costanera norte.

Pensó que estaba viviendo un "deja vú", porque esa misma conversación la había tenido con David el primer día que fue a verla.

—¿Qué desea? —preguntó, esperando que le dijera "vengo autorizada por el laboratorio New Génesis 2020, a vender la casa" usted no me conoce, pero soy una más de las salamandras del experimento que... no supo por qué no se sorprendió cuando la mujer le contestó.

—Busco una profesional que pueda ayudarme a poner en claro todos los documentos de mi familia, la casa ha pasado en los últimos años de mano en mano y como la he heredado desearía que estuviera todo en orden, acabo de llegar y deseo familiarizarme con la casa, perteneció a mi familia por generaciones.

—¿Piensa usted acaso vender la mansión? —dijo aún con la carpeta en la mano la cual contenía el proyecto de venta.

—No por el momento, no, no tengo idea de vender, me radicaré en este lugar.

—¿Cómo llegó usted a mí? —guardó la carpeta en la R y pensó que esa era una pregunta clave para desenmascarar a la lagartija.

—Por el directorio —contestó sin inmutarse— usted además de tener la inmobiliaria es gestora y es esa la tarea que estoy necesitando —y agregó— esta es una ciudad pequeña, no hay en realidad muchos gestores, usted lo sabrá mejor que yo.

Necesito estar acompañada, tendré que buscar a una muchacha para que me ayude con la limpieza y la cocina, la casa es enorme y tenebrosa —y agregó— ¿la conoce usted?

—Si la conozco —respondió tomando asiento delante del escritorio y mirando a los ojos a la mujer, mientras seguía pensando que la habían enviado del laboratorio a tratar de investigar si ella sabía algo que no debería saber, pero le sugirió —señora Rothauss yo la ayudo a usted y usted me ayuda a mí, tal vez la acompañe en su labor y usted me acompañe con mi tarea de archivos ¿qué le parece?

—"Nos parece bien" —respondió— ¿cuándo empezamos?

—En este momento —le dijo entregándole unos cuantos expedientes para archivar.

Sonrieron con la propuesta de ayudarse mutuamente, comenzarían a la brevedad, había que ajustar algunos detalles. Frances reconoció que la sola idea de volver a la mansión hacía que le corriera la sangre por las venas de una manera insospechada. Este asunto de que la señora Helga Rothauss era la verdadera dueña y no David como se presentó había que descubrir, había que llegar al fondo de las cosas. No había nada que temer, los ojos de Helga al contrario de los de David, Rebeca y Bennie, eran celestes, cristalinos y confiables. Esa noche la señora Rothauss se comunicó a la base del laboratorio New Génesis 2020 y se reportó.

—Acabo de ubicar los objetivos, estaré a su lado el tiempo que sea necesario.

Esta misión era muy importante, tal vez la más importante que había recibido puesto que tenía que proteger el hábitat natural en el cual se desarrollarían los especímenes que estaban prontos para ser trasladados.

Frances se dirigió en la camioneta hacia la mansión. El muñeco nalgudo danzaba al compás de una música pegadiza. Cantó:

"Algún día verás, que me voy a morir, amándote, amándote, amándote..."

Pensó que lo primero que haría sería descolgar el columpio como había prometido y terminar de una vez con las leyendas de fantasmas y pájaros milenarios dueños de los silencios. Al enfrentarse al camino que conducía al gran portón, se detuvo para dejar pasar una ambulancia que emergía de entre el sendero de pinos. Apagó la radio.

—El jardinero — se dijo– era un hombre mayor y estaba muy enfermo por lo que le había contado David. Ella misma lo había visto muy encorvado y casi arrastrándose entre los pinos.

Rcordó que era el único testigo que podía corroborar la historia. Desvió hacia la casa humilde del anciano que ahora se encontraba en silencio, la puerta estaba abierta, entró. Un desorden le bloqueó el paso y debió retroceder. El olor a mugre era insoportable, una montaña de basura ocultaba algo que Frances nunca pudo llegar a saber: la verdadera identidad del jardinero, el cual había tallado la estrella de los pitagóricos en todos los árboles que rodeaban la humilde covacha en la que vivió los últimos tormentosos años Sebastian Rothauss.

Tampoco supo cómo Helga había encontrado a su abuelo, no supo cómo había sorteado a su cuidadora. No se enteró cuando bajó al sótano y se acercó despacio por detrás del anciano. Él estaba entretenido con sus esculturas. Helga con un corte certero, había cercenado su garganta, su abuelo tampoco se enteraría de quien había sido su ejecutor.

Retomó el camino hacia la mansión, la estrella en los árboles le había llamado la atención, pensó que tal vez el viejo al pasar diariamente por el portón, que tenía la misma estrella en la parte superior se había familiarizado con ella y por ese motivo la había tallado en todos los árboles. El portón estaba abierto y respiró al traspasarlo. Al transitar el sendero, las mismas hojas se quebraban con las ruedas de la camioneta, el mismo sonido, las mismas sombras, el mismo silencio...

Había algo que le seguía sonando como una alarma, no lo había notado al principio, pero ahora le volvía a la cabeza la frase de la mujer: *"Nos parece bien"*

Helga Rothauss había cumplido la primera misión al eliminar a Sebastian y al anciano testigo; satisfecha, se frotó los ojos de lagarto frente al espejo del lavabo y se colocó los lentes de contacto de un celeste cristalino y confiable.

www.ingramcontent.com/pod-product-compliance
Lightning Source LLC
Chambersburg PA
CBHW072237150726
48002CB00005B/2135